O INFERNO DOS OUTROS

DAVID GROSSMAN

O inferno dos outros

Tradução do hebraico
Paulo Geiger

Copyright do texto © 2014 by David Grossman

Grafia atualizada segundo o Acordo Ortográfico da Língua Portuguesa de 1990, que entrou em vigor no Brasil em 2009.

Título original
סוס צחד נבנס לְבָד

Capa
Alceu Chiesorin Nunes

Foto de capa
Justin Horrocks/ iStock

Preparação
Ana Cecília Agua de Melo

Revisão
Márcia Moura
Clara Diament

Dados Internacionais de Catalogação na Publicação (CIP)
(Câmara Brasileira do Livro, SP, Brasil)

Grossman, David
    O inferno dos outros / David Grossman ; tradução do hebrai-
co Paulo Geiger. — 1ª ed. — São Paulo : Companhia das Letras,
2016.

    ISBN 978-85-359-2782-5

    Título original: סוס צחד נבנס לְבָד
    1. Ficção israelense I. Título.

16-05652   CDD-892.43

Índice para catálogo sistemático:
1. Ficção: Literatura israelense 892.43

[2016]
Todos os direitos desta edição reservados à
EDITORA SCHWARCZ S.A.
Rua Bandeira Paulista, 702, cj. 32
04532-002 — São Paulo — SP
Telefone: (11) 3707-3500
Fax: (11) 3707-3501
www.companhiadasletras.com.br
www.blogdacompanhia.com.br
facebook.com/companhiadasletras
instagram.com/companhiadasletras
twitter.com/cialetras

O INFERNO DOS OUTROS

"Boa noite, boa noite, bo-a noite, Cesarei-a!!!"

O palco ainda está vazio. O grito ecoa por trás das cortinas, as pessoas na plateia vão aos poucos se calando e sorriem na expectativa. Um homem de aspecto frágil, baixo e de óculos entra no palco por uma porta lateral, como se tivesse sido expulso ou chutado de lá. Ele cambaleia mais alguns passos, quase cai, evita a queda apoiando as duas mãos no chão de madeira e, então, num movimento brusco, joga a bunda para cima. Risos e aplausos se espalham pelo público. Pessoas que ainda estavam no saguão vão entrando, conversando em voz alta. "Minhas senhoras e meus senhores", anuncia com os lábios contraídos o homem que está sentado à mesa de controle, "uma salva de palmas para Dovale G." O homem no palco ainda está agachado como um macaco, seus grandes óculos descansam tortos sobre o nariz. Ele volta o rosto devagar para o salão, olha longamente, sem piscar.

"Espere um pouco", ele diz, "não é Cesareia, não é mesmo?" Risos. Ele se endireita devagar e tira a poeira das mãos. "Meu agente me ferrou mais uma vez?" No público ouvem-se gritos.

O homem olha para a plateia em choque: "O que é isso? O que é que vocês disseram? Você aí, mesa sete, sim, você, parabéns pela boca nova, ficou muito bem em você!". A mulher dá um risinho e esconde os lábios com a mão. Ele está de pé na beira do palco, balança levemente o corpo para a frente e para trás. "Fala sério, meu bem, você disse mesmo *Netanya*?" Arregala os olhos, quase do tamanho da lente dos óculos: "Deixa eu entender: você está realmente me dizendo na caradura que estou agora mesmo em Netanya, e ainda por cima sem colete à prova de balas?". Ele cruza as mãos sobre a virilha, assustado. O público urra de satisfação. Aqui e ali escutam-se assobios. Alguns casais ainda estão entrando, depois um grupo ruidoso de rapazes, ao que parece soldados de licença. O pequeno salão vai enchendo. Conhecidos acenam uns para os outros. Três garçonetes de short e reluzentes camisetas lilases saem da cozinha e se espalham entre as mesas.

"Olha, Boca", ele sorri para a mulher na mesa sete, "ainda não terminamos, vamos falar sobre isso... não, não vamos, porque você até me parece ser uma moça séria e com um senso estético original, se é que estou entendendo bem esse seu penteado fascinante, que quem fez — deixe-me adivinhar — foi o mesmo arquiteto que nos deu as mesquitas no monte do Templo e a usina atômica de Dimona?" Risos na plateia. "E se não me engano, sinto o cheiro aqui também de uma porrada de dinheiro... estou certo ou não? Hã? A camada superior? Não? De jeito nenhum? Vou te dizer por quê, é porque também estou vendo um esplendoroso botox, sem falar numa redução de seios que saiu completamente do controle. Acredite em mim, eu amputaria as mãos desse cirurgião."

A mulher junta os braços ao corpo e cobre o rosto com as mãos, deixando escapar gritinhos entre os dedos, como se sentisse cócegas. Enquanto fala, o homem caminha rapidamente pelo palco de um lado para outro, esfrega as mãos e varre com o olhar o público. O salto da bota de vaqueiro acompanha sua movimentação com um tamborilar seco. "Só me explique, meu bem", ele grita sem olhar para ela, "como é que uma moça inteligente como você não sabe que uma coisa dessas tem que ser dita com cuidado, com bom senso, com tato, não se chega para alguém de repente com um 'Você está em Netanya! Bum!'. O que há com você? É preciso preparar a pessoa, especialmente se ela é magra assim": ele levanta num movimento rápido sua camisa desbotada, e um suspiro incontrolável passa pela plateia. "Então, não é isso mesmo?" Ele exibe o corpo desnudo também para os que estão sentados à direita e à esquerda do palco, e lhes lança um amplo sorriso. "Vocês viram? Pele e osso, a maior parte é cartilagem. Juro, se eu fosse um cavalo já tinha virado cola, não é mesmo?" Na plateia, risinhos constrangidos, murmúrios de repulsa. "Entenda, minha irmã", ele se dirige de novo à mulher da mesa sete, "da próxima vez, saiba que notícias como esta devem ser dadas com cuidado, e antes se providencia um sedativo, um anestésico, pelo amor de Deus. Com delicadeza se anestesia o lóbulo da orelha: 'Parabéns, Dovale, o mais belo dos homens, você venceu, foi escolhido para participar de um experimento especial na região da planície costeira, nada muito demorado, uma hora e meia, no máximo duas horas, que é o limite que uma pessoa normal pode ficar exposta à população daqui'."

O público ri e o homem se espanta: "Do que vocês estão rindo, seus imbecis? Estou falando de vocês.". O público ri ainda mais, e ele: "Um segundo, vamos esclarecer uma coisa: já disseram que vocês só estão aqui para um treino, antes de deixarmos entrar o público de verdade?". Assobios, gargalhadas. De alguns cantos da plateia ouvem-se também alguns longos "buuuu" e batidas nas mesas, mas a maior parte do público acha graça. Mais um casal entra no salão, os dois compridos e magros, cabelos dourados e plumosos saltitando sobre a testa: um rapaz e uma moça jovens, ou talvez dois rapazes, envoltos num negro reluzente, capacetes de motociclista debaixo dos braços. O homem em cima do palco lança-lhes um olhar e uma ruga fina se arqueia acima de seus olhos.

Ele se movimenta sem parar. De vez em quando acompanha sua fala com um rápido soco no ar e então, se esquivando como um boxeador, evita o soco de um adversário invisível. O público se diverte. Ele coloca a mão acima dos olhos e investiga a plateia, já quase toda às escuras.

Está procurando por mim.

"Aqui entre nós, meus irmãos, agora eu deveria pôr a mão no coração e dizer a vocês como eu adoro, como sou louco por Netanya, não é verdade?" "Verdade", respondem alguns jovens do público. "E como é bom para mim estar com vocês numa quinta-feira à noite nessa encantadora zona industrial, e ainda por cima neste porão, bem em cima dessas atraentes camadas de radônio, e tirar uma série de piadas da bunda para vocês, certo?" "Certo!", o público grita. "Não!", o homem declara, esfregando as mãos satisfeito. "Tudo isso é besteira, com exceção da parte sobre a minha bunda, porque na verdade, deixa eu dizer uma coisa, não suporto essa cidade de vocês, essa Netanya me causa um pavor mortal! A cada dois sujeitos na rua, um parece um desses participantes do programa de proteção a testemunhas, e o outro está com o primeiro embrulhado num saco de plástico preto no porta-malas. E podem acreditar em mim, se eu não tivesse de pagar pensão alimentícia para três mulheres encantadoras, e também para um-dois-três-quatro-cinco filhos — cinco: ele enfia na cara do público uma mão com os dedos abertos —, juro, está aqui, diante de vocês, o primeiro homem na história que teve depressão pós-parto. Cinco vezes depressão pós-parto. Na verdade quatro, pois dois são gêmeos. E na verdade cinco, se contarmos também a depressão depois do *meu* parto. E mesmo assim, uma coisa boa vocês ganharam por causa de toda essa bagunça: vocês, habitantes de Netanya, a mais emocionante das cidades, pois se não fossem meus vampiros com dentes de leite nunca, nunca que eu estaria aqui esta noite pelos setecentos e cinquenta shekels que Ioav me paga sem nota fiscal e sem um muito obrigado. Então, meus irmãos, vamos comemorar esta noite, vamos botar pra quebrar! *Uma salva de palmas para a rainha Netanya!"*

Os espectadores aplaudem, um pouco confusos com a reviravolta, mas contagiados pelo urro cordial e pelo doce sorriso que de repente ilumina o rosto do homem e o transforma completamente. Desaparece a expressão torturada, amarga e zombeteira, e como num flash fotográfico surge o rosto de um intelectual de feições agradáveis e delicadas, quase divertidas, que não tem nem pode ter nada a ver com o que ele estava fazendo jorrar aqui.

E ele, sem dúvida, diverte-se com a confusão que está causando. Gira lentamente mantendo uma perna como eixo, como se fosse um compasso, e quando completa a volta seu rosto está novamente enrugado e amargo: "Eis aí uma notícia animadora, Netanya. Vocês nem imaginam o prêmio de loteria que ganharam, pois hoje, exatamente 20 de agosto, é também por acaso o meu aniversário, obrigado, obrigado mesmo", ele inclina a cabeça com modéstia, "sim, hoje, há cinquenta e sete anos o mundo se tornou um lugar um pouco pior para se viver, obrigado, meus queridos". Ele arrasta os pés de uma ponta a outra do palco e agita as mãos diante do rosto como um leque imaginário. "Muito gentil da parte de vocês, realmente vocês não precisavam, estão exagerando; podem deixar os cheques na caixinha que fica na saída, dinheiro vocês podem colocar no meu peito no fim do show, e caso tenham vale-sexo podem subir agora mesmo para me dar."

Aqui e ali pessoas erguem os copos em sua direção. Alguns casais entram fazendo grande algazarra — os homens aplaudem enquanto caminham — e se sentam em mesas próximas ao bar. Acenam para ele e as mulheres gritam seu nome. Ele aperta os olhos, devolve um aceno geral, hesitante e míope. Várias vezes ele olha em direção à minha mesa, num canto do salão. Desde o momento em que subiu no palco está tentando me encontrar. Mas não consigo olhar diretamente para ele. O ar aqui não está me fazendo bem. O ar que ele respira não me faz bem.

"Quem aqui já passou dos cinquenta e sete levante a mão!" Mãos são erguidas. Ele as varre com o olhar e assente, admirado: "Vocês me impressionaram, Netanya! E me deram esperança. Não, não é tão simples chegar a uma idade dessas por aqui, não é mesmo? Ioav, jogue uma luz no público para que possamos ver... eu disse cinquenta e sete, senhora, não setenta e cinco... Calma, galera, um de cada vez, tem Dovale para todo mundo. Sim, mesa quatro, o que você disse? Você também tem cinquenta e sete? Cinquenta e oito? É espantoso! Profundo! Prafrentex! E quando vai ser isso, você disse? Amanhã? Parabéns! E como você se chama? Como? Pode repetir? Ior-*Iorai*? Está brincando comigo? Este é o seu nome ou é o do curso que você fez no Exército? *Ual'la*, meu irmão, seus pais te sacanearam, não é mesmo?".

O homem chamado Iorai ri sem constrangimento. Sua corpulenta esposa se aperta contra ele, acaricia sua careca em movimentos circulares.

"E essa que está do seu lado, meu irmão, que está marcando território em você, é sra. Iorai? Força, meu irmão... porque você com certeza esperava que 'Iorai' seria o último golpe que o destino reservou para você, não é? Você só tinha três anos quando percebeu o que seus pais fizeram", ele caminha devagar pelo palco, tocando um violino invisível, "ficou sentado sozinho e abandonado num canto do jardim de infância, roendo a cebola que sua mãe tinha posto na sua lancheira, olhou para as crianças que brincavam juntas e disse para você mesmo: 'Anime-se, Iorai, o raio não cai duas vezes no mesmo lugar'... *Surprise! Ele caiu sim, duas vezes!* Boa noite, sra. Iorai! Diga-me, meu bem, cá entre nós, você está pensando em nos incluir, contando qual é a maliciosa surpresa que está preparando para seu marido no dia dele? Não, pois eu olho para você e de algum jeito sei o que se passa agora na sua cabeça: 'Porque como é seu aniversário, Ioraikale, eu vou dar pra você esta noite, mas nem pense em fazer comigo o que tentou em 10 de julho de 1986!'". O público ri, e a madame também se sacode num riso que chega em ondas a seu rosto. "Agora me diga, sra. Iorai", ele abaixa a voz até um sussurro, "cá entre nós, você realmente acha que esses colares e correntes escondem todos os seus queixos? Não, sério, você acha honesto que em tempos escassos como estes, quando o país está cheio de jovens casais que têm de se bastar com um queixo só", ele desliza a mão em seu próprio queixo, ausente, que o deixa por momentos com o aspecto de um roedor assustado, "você, com essa fartura toda, se permite ter dois, quer dizer: três! Senhora, só da pele desse papo seria possível fazer mais uma fileira de tendas para os jovens que protestam na avenida Rothschild!" Risos esparsos na plateia. O sorriso da madame, um pouco tenso, deixa seus dentes à mostra.

"E por falar nisso, Netanya, já que estamos falando da minha teoria econômica, quero ressaltar agora, inclusive para acabar com qualquer dúvida, que sou totalmente a favor de uma reforma ampla de todo o sistema financeiro!" Ele para, recobra o fôlego, pousa as mãos na cintura, ri: "Sou um gênio, juro, da minha boca saem palavras que eu mesmo não entendo! Ouçam bem, há pelo menos dez minutos estou com a ideia fixa de que impostos devem ser cobrados unicamente segundo o peso da pessoa, imposto sobre a carne!". Mais um olhar na minha direção, um olhar admirado, quase assustado, que tenta arrancar de mim aquele rapaz magro do qual ele se lembra. "O que seria mais justo do que isso, vocês poderiam me dizer? É a coisa mais objetiva desse mundo!" E ele de novo ergue a camisa até o queixo, desta vez enrolando para cima num movimento lento e provocante, desnudando uma barriga chata com uma cicatriz na horizontal e um tórax estreito com costelas horrivelmente salientes, com a pele sobre elas enrugada e cheia de úlceras. "Também poderia ser proporcional à quantidade de queixos, como dissemos, mas por mim poderia haver gradações de imposto." A camisa ainda está enrolada. Pessoas olham com repulsa, outras viram o rosto, algumas sopram o ar pelos lábios num assobio baixinho. Ele avalia as reações com um entusiasmo escancarado, ávido. "Exijo um imposto progressivo sobre a carne! Com taxação adicional por pneus, pança, bunda, coxas grossas, celulite, peitinhos masculinos e aquelas pelancas penduradas no braço das mulheres! E o melhor neste meu método é que não tem discussão nem interpretações para cá e para lá: engordou, pagou!" Finalmente ele deixa a camisa desenrolar e cair. "Vocês podem me matar, mas definitivamente não consigo entender a ideia de cobrar impostos de quem ganha dinheiro. O que tem a ver? Prestem atenção, Netanya, ouçam bem o que vou dizer: só se deve cobrar impostos de quem o Estado tenha motivo suficiente para suspeitar que vai muito bem: de quem está rindo à toa, de quem é jovem, saudável, otimista, deu uma trepada esta noite, fica assobiando durante o dia. Só dessa corja é que temos de cobrar e arrancar a pele sem pena!"

A maior parte do público aplaude com simpatia, mas uma minoria, a juventude da plateia, arredonda os lábios como macacos e vaia. Ele enxuga o suor do rosto com um lenço vermelho, um lenço enorme de palhaço circense, e deixa que os dois grupos se sobreponham um ao outro, para a satisfação de todos. Enquanto isso, recobra o fôlego, põe a mão acima dos olhos e mais uma vez busca o meu olhar, insiste, obstinado, em meu olhar. E eis agora — um lampejo recíproco, que ninguém além de nós, assim espero, poderá perceber. Você veio, dizem os olhos dele, veja o que o tempo fez com a gente, estou aqui bem diante de você, não tenha pena de mim.

E logo se afasta, ergue a mão, acalma o público: "O quê? Não ouvi... Fale mais alto, mesa nove! Ah, sim, só me explique antes como é que vocês fazem isso, porque eu nunca consegui entender... Fazer o quê? Esse negócio de unir as sobrancelhas! Não, vai, conta pra mim, vocês costuram uma na outra? É uma coisa que se ensina no serviço militar?". De repente ele se empertiga em posição de sentido, todo esticado, e grita: "Falando no Exército, o meu pai era um sionista linha-dura, admirador do Jabotinsky, mais respeito!". De algumas mesas vem uma forte salva de palmas, em desafio, que ele interrompe com um leve movimento da mão. "Fale, mesa nove, não se acanhe, essa é por minha conta. O que você disse? Não, não é piada, Gargamel, hoje é realmente meu aniversário. Exatamente agora, mais ou menos nesta hora, no velho Hospital Hadassah em Jerusalém, minha mãe, Sara Grinstein, começou a me parir! Inacreditável, não é? Uma mulher que sempre disse que só queria o meu bem, mesmo assim me deu à luz! E, por mais que vocês pensem em todos os julgamentos e prisões e investigações e séries criminais que existem por causa de assassinatos, eu nunca ouvi dizer de um só deles que tenha acontecido por alguém ter dado à luz! Parto premeditado, parto por negligência, parto culposo, nem mesmo incitação ao parto! E lembrem-se de que estamos falando de um crime cuja vítima é um bebê!" Ele abre bem a boca para respirar, como se estivesse sufocando. "Tem algum juiz na plateia? Um advogado?"

Eu me encolho na cadeira. Não permito que seu olhar se agarre a mim. Para minha sorte, três jovens casais não muito longe fazem sinais para ele. Ficamos sabendo que estudam direito em uma das faculdades locais. "Fora!", ele grita com uma voz horrível enquanto agita braços e pernas, e o público vaia com assobios. "O anjo da morte", ele ri ofegante, "chega para um advogado e diz que veio para levá-lo. O advogado chora, implora: 'Mas eu só tenho quarenta anos!'. Não de acordo com as horas cobradas dos seus clientes!" Um soco rápido no ar, um giro completo sobre o próprio corpo. Os estudantes riem mais que qualquer um.

"Agora, falando da minha mãe", seu rosto fica sério. "Peço sua atenção, senhoras e senhores do júri, trata-se de um caso criminal. Dizem as más línguas, mas são apenas boatos, que quando a deixaram me segurar logo depois do parto ela parecia sorrir, talvez até mesmo *de felicidade*. Cascaaata, eu digo a vocês! Calúnia grosseira!" O público ri. O homem de repente cai de joelhos na beira do palco e inclina a cabeça. "Perdão, mãe, fiz besteira, te traí, mais uma vez te vendi por algumas risadas. Sou uma prostituta de risadas, não posso me redimir..." Ele dá um salto e fica de pé, o que parece deixá-lo tonto, pois ele balança. "Agora, sério, sem piada, ela era a mãe mais bonita do mundo, juro! Já não se fazem mulheres classudas que nem ela, olhos azuis enormes", ele estica os dedos das mãos para o público e eu me lembro do azul brilhante, penetrante dos olhos dela quando eu era menino, "e era a coisa mais desequilibrada do mundo, e a mais triste", com o dedo ele desenha uma lágrima sob os olhos e a boca se arredonda num sorriso. "Foi nisso que deu, assim fomos sorteados, não tem do que reclamar, e o meu pai também, na verdade, era bem legal." Ele para, coça com força os tufos de cabelo em suas têmporas. "Ah... me deem um minuto e vou contar uma coisa a vocês... sim! Ele era um barbeiro excepcional, e não cobrava nada de mim, embora isso fosse contra os princípios dele."

E me lança mais um olhar. Está conferindo se estou rindo. Mas eu nem tento fingir. Peço uma cerveja e uma dose de vodca. Como ele diz, preciso de um sedativo para passar por isso. Sedativo? Preciso mesmo é de uma anestesia geral.

Ele volta a se agitar. Como se estivesse se empurrando para a frente, cada vez mais. Uma luz o ilumina de cima, sombras muito animadas o acompanham. Seu movimento é refletido, com um estranho atraso, nas curvas de um grande jarro de cobre, encostado à parede atrás dele, talvez um resquício de alguma peça encenada aqui um dia.

"Sobre o meu nascimento, Netanya, vamos dedicar meio minuto a esse evento cósmico, porque eu — e não estou falando de agora, que sou o suprassumo do mundo do entretenimento, um louco e conhecido símbolo sexual", ele faz uma pausa, balança a cabeça com a boca aberta, dá tempo para que acabem de rir, "eu, antigamente, na aurora da minha vida, em resumo, quando era pequeno, como eu era fodido. Todas as minhas conexões cerebrais estavam ao contrário, vocês não acreditariam que menino bizarro eu era… não, sério", ele sorri, "quer rir, Netanya? Quer rir de verdade? Que pergunta desprezível", ele se repreende. "Alô! Esta é uma noite de stand-up, ainda não interiorizaram isso? *Idiotinhas!*" E de repente ele bate com inacreditável força na testa: "Para que eles vieram aqui? Vieram para rir de você. Não é isso, meus irmãos?".

Foi uma pancada horrível, esse tapa na testa. Uma inesperada explosão de violência. O extravasar de alguma informação obscura que pertence a um lugar totalmente diferente. Instala-se o silêncio. Alguém morde uma bala e ouve-se o barulho no salão inteiro. Por que ele insistiu que eu viesse? Por que ele precisa de um agressor, eu penso, quando ele faz isso sozinho e maravilhosamente bem?

"Ouçam uma história", ele declara, como se a pancada não

tivesse acontecido. Como se não houvesse uma mancha branca em sua testa que começa a ficar vermelha, e como se seus óculos não estivessem agora tortos sobre o nariz. "Uma vez, eu devia ter uns doze anos, resolvi que ia descobrir o que tinha acontecido nove meses antes de eu nascer para excitar meu pai a ponto de ele se atirar dessa maneira sobre a minha mãe. E entendam que, com exceção de mim, não existiam quaisquer evidências de haver atividade vulcânica nas calças dele. Não que ele não amasse a minha mãe, notem bem, tudo que esse homem fazia na vida desde o momento em que abria os olhos de manhã até dormir, todos os truques com os depósitos e as motonetas e as peças de reposição e as roupas velhas e os zíperes e as artimanhas — façam de conta que vocês entendem do que estou falando, o.k.?, Boa, Netanya —, então, para ele todas essas besteiras, mais do que um ganha-pão, mais do que tudo, eram para impressioná-la, para fazer com que ela sorrisse para ele, fizesse um carinho na cabeça dele: bom menino, bom menino. Tem homens que escrevem poemas para a amada, não é verdade?" "Verdade", respondem algumas vozes da plateia, ainda um pouco assustadas. "E alguns que cantam uma serenata, não é verdade?" "Verdade!", algumas vozes débeis se somam às primeiras. "E tem aqueles, digamos, que compram diamantes, uma cobertura, um quatro por quatro, uma sonda retal de designer, não é?" "É!", gritam agora muitas vozes, ansiosas por agradá-lo. "E tem aqueles como meu papi, que compram duzentas calças jeans falsificadas de uma velha romena na rua Allenby — 'romeno é ladrão, polonês é seu patrão' — e depois vendem tudo na barbearia, num quartinho dos fundos, como se fossem Levi's, e tudo isso para quê? Para que meu papi possa mostrar a ela de noite, numa caderneta, quantos centavos ele ganhou com isso."

Ele para, seus olhos vagueiam pelo salão, e por um momento, inexplicavelmente, o público prende a respiração como se estivesse vendo alguma coisa, junto com ele.

"Mas tocar nela de verdade, como um homem toca numa mulher, até mesmo, digamos, uma mãozinha na bunda no corredor, um pouco de pita com húmus — isso nunca na vida eu vi ele fazer. Então me digam vocês, meus irmãos, afinal vocês são pessoas inteligentes, já que decidiram morar em Netanya, me expliquem aqui e agora por que ele não tocava nela. Hã? Não tem uma *fucking* de uma explicação. Mas esperem aí!", ele fica na ponta dos pés e lança ao público um olhar agitado e agradecido. "Vocês querem mesmo saber mais sobre isso? Vocês estão realmente pensando agora nas histórias toscas da minha família real?" Aqui o público se divide: parte aclama e incentiva, parte grita para que ele comece logo a contar piadas e a fazer rir. Os dois motociclistas pálidos em roupas de couro preto tamborilam na mesa com as mãos, fazendo seus copos de cerveja saltitarem. Difícil saber quem eles estão apoiando, talvez estejam apenas se divertindo ao alimentar a confusão. Ainda não consegui identificar se são dois rapazes ou um rapaz e uma moça, ou duas moças.

"Basta, não está certo! Vocês estão mesmo a fim da novela da dinastia Grinstein agora? Não, deixem eu entender, Netanya, isto é uma tentativa de desvendar o enigma da minha personalidade magnética?" Ele me fulmina com um olhar divertido, provocador. "Vocês realmente acham que podem acertar onde todos os biógrafos e pesquisadores erraram?" Quase todo o público aplaude. "Então vocês são de verdade meus irmãos! Somos maninhos, Netanya! Cidades gêmeas!" Ele se derrete e arregala os olhos, refletindo uma ingenuidade sem fim. O público ri com vontade. As pessoas sorriem umas para as outras. Até a mim chegam alguns sorrisos esparsos.

Ele está de pé na ponta do palco, o bico fino da bota projeta-se para além da borda, e conta nos dedos as possibilidades: "Um: vai ver ele admirava tanto ela, o meu pai, a ponto de ter medo de tocá-la? Dois: vai ver ela sentia aversão por ele andar pela casa com uma dessas redes nos cabelos, quando lavava a cabeça? Três: vai ver pelo que ela passou no Holocausto, e pelo fato de que ele não participou daquele momento nem mesmo como estatística? Para que entendam, o cara não só não foi morto, ele nem mesmo *se feriu* no Holocausto! Quatro: vai ver nem eu nem vocês estamos prontos para que nossos pais se encontrem?". O público ri, e ele — o humorista, o palhaço — novamente se agita no palco. Seus jeans estão rasgados na altura dos joelhos, mas veste um par de suspensórios vermelhos com fivelas douradas, e em suas pequenas botas de vaqueiro estão coladas estrelas de xerife prateadas. Agora percebo que em sua nuca saltita uma pequena e raquítica trança.

"Em resumo, só para liquidar essa história para que possamos começar a noite que já vai terminar: o cara aqui abriu o calendário, folheou exatamente nove meses antes do seu nascimento, achou a data e correu para uma pilha daquele jornal revisionista, *Cherut*, que meu pai colecionava, esses *Cherut* ocupavam metade de um quarto da nossa casa; outro meio quarto era para os trapos que ele vendia, o papi, e para jeans e bambolês e aparelhos de matar baratas com raios ultravioleta, façam…"

"de conta que estão entendendo", algumas vozes vindas do bar completam alegremente o movimento sinuoso das mãos dele.

"Beleza, Netanya", mesmo quando ri o olhar dele é muito concentrado e desprovido de alegria, como se estivesse controlando a esteira rolante na qual as piadas saem de sua boca. "E nós três, o material biológico, digamos, da família, nos apertávamos no quarto e meio restante, e aliás, ele não deixava jogar fora uma página sequer desse *Cherut*. 'Ainda será a Bíblia das próximas gerações!', era o que nos dizia apontando para o céu, e o pequeno bigode dele ficava espetado como se tivesse levado um choque no saco. E lá, exatamente naquela data, nove meses antes de eu aparecer e virar pelo avesso o equilíbrio ecológico, onde vocês acham que euzinho fui parar? Direto na Guerra do Sinai, em 1956! Estão percebendo a jogada? Fala sério, não é uma coisa de louco? Abdel Nasser anuncia que está nacionalizando o canal de Suez, fechando o canal na nossa cara, e o meu pai, Chezkel Grinstein de Jerusalém, um metro e cinquenta e nove, peludo como um macaco e com lábios de mulher, não hesita nem um minuto e parte para abrir o canal! Então, se pensarmos bem, eu sou na verdade uma espécie de operação de retaliação! Percebem? Eu sou a primeira represália! Estão me entendendo? Tem a campanha do Sinai, a operação Karame, a operação Entebe, a ação Emmo, e tem a operação Grinstein, cujos detalhes ainda são parcialmente secretos e não posso revelá-los, mas da qual por acaso temos aqui um áudio muito raro, cuja qualidade não é lá essas coisas: 'Sra. Grinstein, abra as pernas! Tome isso, ditador do Egito!' Desculpe, mãe! Desculpe, pai! Minhas palavras estão fora de contexto! Mais uma vez traí vocês!"

E ao proferir essas palavras ele esbofeteia o próprio rosto com uma selvageria incontida, com as duas mãos. E repete o gesto mais uma vez.

Por alguns instantes sinto na boca um gosto de metal e ferrugem. A meu lado, pessoas se encolhem nas cadeiras, com as pálpebras tremendo. Numa mesa próxima, uma mulher sussurra energicamente alguma coisa na orelha do marido e pega a bolsa, mas ele põe a mão na coxa dela para impedi-la.

"Agora, Netanya *mon amour*, o sal da terra — aliás, não é verdade que toda vez que alguém pergunta numa rua daqui que horas são, na maior parte das vezes é um policial? É brincadeira, só estou brincando!" Ele se contrai todo, junta as sobrancelhas e os olhos se agitam para os lados. "Não tem por acaso algum Alperon na plateia, para que lhe prestemos homenagem? Ou algum Abutbul? Da turma do Dede, tem alguém aí? Beber Amar não está aqui? Algum parente de Boris Elkosh? Do pequeno Pinush? Quem sabe Tiran Shirazi encontra-se no salão, nos honrando com sua presença? Ben Sutachi? A família de Chanina Elbaz? Eliahu Rustashvili? Simon Buzatov?"

Aos poucos alguns aplausos fracos vão se juntando a seu falatório. Tenho a impressão de que eles ajudam as pessoas a se livrar do silêncio que as tomou há alguns instantes.

"Não", ele grita, "não me entendam mal, só estou verificando, Netanya, fazendo o reconhecimento! Sempre que vou me apresentar em algum lugar, dou antes um Google para ver os perigos."

E aqui ele de repente se cansa. Como se esvaziasse de uma só vez. Põe as mãos na cintura e toma fôlego. Seus olhos estão arregalados e fixos no vazio, petrificados como os olhos de um velho.

Ele me telefonou há mais ou menos duas semanas. Às onze e meia da noite. Eu tinha acabado de voltar de um passeio com a minha cachorra. Ele se apresentou, com uma expectativa tensa e festiva na voz. Não correspondi a ela. Ele se atrapalhou e perguntou se era eu mesmo e se o nome dele não me dizia nada. Eu disse que não. Esperei. Detesto pessoas que me aparecem com testes desse tipo. O nome até me soou familiar, obscuro e familiar. Não de alguém que conheci no trabalho, disso eu tinha certeza: a repulsa que senti era de outro tipo. Era alguém de um círculo mais íntimo, pensei. Com um potencial muito grande de me machucar.

"Ai!", ele riu, "eu tinha certeza de que você se lembraria…" Ele tinha uma risada lenta e a voz um pouco rouca, por um momento achei que estivesse bêbado. "Não se preocupe", ele disse, "vou ser breve". E então ele brincou: "Este sou eu: breve. Quase não chego a um metro e sessenta".

"Ouça", eu disse, "o que você quer de mim?"

Ele se calou, surpreso. De novo quis saber se era eu mesmo. "Quero fazer um pedido", disse, de repente concentrado e organizado. "Me ouça e decida, não tem problema se disser não. *No hard feelings.* Também não é nada que vai tomar muito do seu tempo, só uma noite. Eu vou pagar, é claro, quanto você quiser, não vou regatear com você."

Eu estava sentado na cozinha, a guia da cachorra ainda na minha mão. Ela estava lá de pé, fraca e arfando, olhando para mim com aqueles olhos humanos, como que admirada por eu não interromper logo aquela conversa.

Um estranho cansaço desabou sobre mim. Senti que entre esse homem e eu desenrolava-se paralelamente outra conversa, obscura, e que eu era lento demais para assimilá-la. Aparentemente ele esperava uma resposta, mas eu não sabia o que ele pedia. E talvez já tivesse pedido e eu não tinha ouvido. Lembro que olhei para meus sapatos. Alguma coisa neles, o modo como um se voltava para o outro, me apertou de repente a garganta.

Ele cruza devagar o palco em direção a uma poltrona que está na ponta direita. É uma poltrona grande, vermelha, envernizada. Talvez ela também, como o grande jarro de cobre, tenha sobrado de alguma peça encenada neste salão. Ele se afunda nela com um suspiro, cada vez mais fundo, e parece que logo será completamente engolido.

As pessoas olham para os copos, agitam em círculos o vinho, petiscam distraídas amendoins e amêndoas nos pratos.

Silêncio.

E então, risinhos abafados. Ele parece um menino na poltrona de um gigante. Percebo que alguns procuram não rir escancaradamente, e também se esquivam do olhar dele, como temendo se complicar num tortuoso e íntimo acerto de contas que o homem está fazendo consigo mesmo. Talvez estejam sentindo, como eu, que de algum modo já se complicaram nesse acerto de contas e com esse homem mais do que pretendiam. Aos poucos as botas dele vão se erguendo, revelando a nossos olhos os saltos altos, um tanto femininos. Os risinhos aumentam, agarram-se uns nos outros, e um grande riso varre a plateia.

Ele chuta e agita os braços como se estivesse se afogando, grita e sufoca, e por fim se arranca das profundezas da poltrona, dá um salto e fica a alguns passos dela, ofegante e olhando desconfiado para o móvel. O público ri, aliviado — o bom e velho pastelão —, ele lhes crava uma expressão aterrorizadora, e todos riem mais. Finalmente Dovale também se permite sorrir, absorve o riso que cai sobre ele. Novamente, aquela suavidade inesperada atenua sua feição, e o público corresponde a ela, se adoça sem perceber, e ele, o cômico, o animador, o bufão, entrega-se por completo ao reflexo de seu sorriso no rosto das pessoas, e por um momento quase se pode pensar que acredita no que vê.

E mais uma vez, como se ele não conseguisse aguentar nem por um minuto essa afeição, sua boca se estende numa linha fina, cheia de fastio. Já vi antes esse espasmo: o pequeno roedor, num movimento súbito, morde a si mesmo.

"Peço muitas desculpas por invadir sua vida assim", ele me disse naquela conversa telefônica noturna, "mas de certa forma eu esperava que por conta de alguma, você sabe, benevolência juvenil", ele riu mais uma vez "podemos dizer que a gente começou junto, e você, bem, você seguiu seu caminho, com muito sucesso, parabéns." Aqui fez uma pausa, esperou que eu me lembrasse, que finalmente acordasse. Não avaliou bem com que pertinácia eu me agarro a minha dormência e quão violento posso ser com quem tenta me separar dela.

"Só vai custar, no máximo, um minuto para eu te explicar", ele disse. "Você me dá um minuto da sua vida, tá legal?"

Pelo visto ele tem a minha idade e usa gírias juvenis. Daí não virá nada de bom. Fechei os olhos e tentei me lembrar. Benevolência juvenil. De qual juventude ele estaria falando? Da minha infância em Guedera? Dos anos em que perambulei por causa dos negócios do meu pai entre Paris e Nova York e o Rio de Janeiro e a Cidade do México? Ou talvez da época em que voltamos para o país e cursei o ginásio em Jerusalém? Tentei pensar rápido para poder me livrar. Essa voz arrastava com ela depressão, sombras na alma.

"Olhe", ele irrompeu subitamente, "você está se achando, ou ficou mesmo importante demais para... como é que não se lembra?"

Há tempos não falavam comigo assim. Foi como um sopro de ar puro e limpo purgando o nojo que sinto da expressão oca de respeito que em geral me cerca, mesmo três anos depois de eu ter me aposentado.

"Como é possível não se lembrar de um troço desses?" Ele continua a me fustigar. "A gente estudou junto um ano inteiro com aquele Klatchinsky, em Bait va-Gan, e ia a pé pegar o ônibus..."

Aos poucos vou me lembrando. Lembro da pequena casa, escura até mesmo ao meio-dia, e depois do professor soturno, muito alto e magro e encurvado, e que às vezes me dava a impressão de estar sustentando o teto nos ombros. Éramos cinco ou seis rapazes sem talento para a matemática, que vínhamos de algumas escolas da cidade para ter, juntos, aulas particulares.

Ele continuou a falar tempestuosamente, a lembrar coisas esquecidas, a se ofender. Eu prestava e não prestava atenção. Não tinha forças para esses arroubos emocionais. Percorri com o olhar as coisas da cozinha que preciso consertar, pintar, lubrificar, vedar. A minha "prisão domiciliar", como Tamara chama essas obrigações domésticas.

"Você me apagou da sua vida", ele diz espantado.

"Sinto muito", balbuciei, e só quando ouvi a mim mesmo percebi que eu até tinha por que me lamentar. O calor de minha voz me revelou, e dessa tepidez surgiu, traço após traço, aquele menino muito claro e sardento, cheio de pintas. Um menino baixo e magro e de óculos, com lábios salientes, desafiadores, inquietos. Um menino que falava depressa numa voz sempre um pouco rouca. E logo lembrei que, apesar da pele clara e das sardas rosadas, seu cabelo cacheado era muito escuro, de um negro denso e abundante, e o contraste entre essas cores me causava uma impressão muito especial. "Eu me lembro de você", eu disse, surpreso, "claro, caminhávamos juntos... não acredito que eu pude, desse jeito..."

"Graças a Deus", ele suspirou, "eu já estava pensando que tinha te inventado."

"E bo-a noite para as beldades estonteantes de Netanya", ele exclama e volta a saltitar sobre o palco e a bater os saltos da bota, "eu conheço vocês, meninas, conheço bem. Eu conheço vocês por dentro... O que você disse, mesa treze? Você é atrevido, já te disseram?" Ele adota uma expressão carrancuda e por um momento parece que realmente se ofendeu. "Não, se dirigir a um cara tímido e introvertido como eu com uma pergunta indiscreta dessas... Claro que eu tive garotas netanienses!", ele proclama e exibe um atordoante sorriso de orelha a orelha. "Eu não ia esnobar, eram tempos difíceis, tive de me contentar com pouco..." O público, homens e mulheres, bate nas mesas, vaia, assobia, ri. E ele se acomoda sobre um joelho no palco diante de três velhinhas bronzeadas e risonhas, cujas cabeleiras, azuladas, são feitas basicamente de ar. "Olá, mesa oito, o que as belezocas estão comemorando? Alguma de vocês aqui está enviuvando agorinha? Tem algum homem em estágio terminal que neste momento está batendo as botas no hospital? 'Avante, companheiro, avante'", ele encoraja à distância, "'um empurrãozinho a mais e você está fora!'" As mulheres soltam risinhos e agitam as mãos no ar. Ele dança em torno de si mesmo no palco e em certo momento quase cai lá de cima, e o público ri ainda mais. "Três homens!", ele grita e exibe três dedos estendidos, "três homens, um italiano, um francês e um judeu estão sentados num pub e contam como satisfazem suas mulheres. O francês diz: 'Eu, eu lambuzo minha *mademoiselle* da cabeça aos dedos dos pés com manteiga de Provence, e depois de gozar ela ainda grita por cinco minutos'. O italiano diz: 'Eu, quando dou minhas bombadas na minha *signora*, lambuzo todo o corpo dela, de cima a baixo, com o óleo de oliva de uma aldeia da Sicília, e depois de gozar ela ainda grita por dez minutos'. O judeu fica calado. Calado. O francês e o italiano olham para ele: 'E você?'. 'Eu?', diz o judeu, 'eu lambuzo minha Pessia com *schmaltz* e depois de gozar ela ainda grita por uma hora.' '*Uma hora?*' O francês e o italiano ficam loucos: 'O que exatamente você faz com ela?'. 'Ah', diz o judeu, 'eu limpo as mãos na cortina'."

Uma grande risada. Homens e mulheres trocam entre si olhares de casal, acalentadores. Peço uma *focaccia* e uma berinjela assada com *tehina*. Estou faminto.

"Onde eu estava?", ele pergunta alegremente, e com o canto do olho acompanha minha conversa com a garçonete. Tenho a impressão de que está feliz por eu ter pedido algo. "O *schmaltz*, o judeu, a mulher... somos realmente um povo especial, não é verdade, meus irmãos? Não existe, não existe outro povo como nós, os judeus! O povo eleito! A elite! A superelite!" O público aplaude. "Para falar a verdade, uma pequena digressão. Como me irrita esse novo antissemitismo! Sério, porque com o antigo de algum modo eu já tinha me acostumado, eu já até simpatizava um pouquinho com ele, com essas lendas deliciosas dos Sábios de Sião, alguns *trolls* barbudos e de nariz comprido reunidos, preparando aperitivos de lepra com peste e coentro, trocando receitas de quinoa e água envenenada, degolando ocasionalmente uma criança cristã para o Pessach — 'Gente, vocês notaram como este ano as crianças estão com um gosto um pouco mais ácido?'. Com tudo isso a gente já aprendeu a viver, se acostumou, é parte do nosso legado, digamos assim, mas de repente você depara com esse novo antissemitismo deles, não sei, não fico muito confortável, tenho até uma certa aversão a isso." Ele estala os dedos e seus ombros se curvam num constrangimento ingênuo. "Não sei como dizer isso sem ofender, Deus me livre, os novos antissemitas, mas, porra, pessoal, alguma coisa na atitude de vocês é um tanto estridente, não é mesmo? Porque às vezes eu penso que se algum cientista israelense — só como exemplo — inventar de repente um remédio para o câncer, o.k.?, um remédio que acabe de uma vez por todas com o câncer, eu garanto a vocês, mil por cento, que logo vão se levantar vozes no mundo todo, e protestos e demonstrações e votações na ONU e artigos em todos os jornais da Europa, perguntando para que, afinal, ir contra o câncer? E se é para ir, para que acabar com ele? Por que não tentamos primeiro chegar a um acordo? Por que usar logo a força? Ou por que não nos colocamos no lugar dele e tentamos ver, por exemplo, como o câncer vê a doença do seu próprio ponto de vista? E não vamos esquecer que o câncer também tem aspectos positivos. O fato é que muitos vão dizer a vocês que enfrentar o câncer fez deles pessoas melhores! E também é preciso lembrar que a pesquisa oncológica permitiu o desenvolvimento de remédios para outras doenças, e agora tudo isso vai acabar de repente, e ainda por cima com um extermínio!

O quê?? Não aprendemos nada com o passado? Esquecemos as épocas sombrias? E afinal", ele assume uma expressão pensativa, "existe alguma coisa que faz com que o ser humano seja superior ao câncer e portanto tenha o direito de exterminá-lo?"

Palmas esparsas no público. Ele continua, sem parar:

"E ó-tima noite para vocês também, homens. Não faz mal terem vindo. Se ficarem aí quietinhos vamos permitir que acompanhem tudo como observadores. E, se não se comportarem, vamos enviar todos vocês para a outra sala, para uma castração química, o.k.? Então, *ladies*, permitam que eu por fim me apresente oficialmente, chega dessas adivinhações estapafúrdias a respeito da identidade deste homem misterioso e charmoso: Dovale G é o nome, este é o *title*, esta é a marca de sucesso em todo o mundo civilizado ao sul de Hadramaute, e é fácil lembrar: Dovale, como aquele que vem do vale, e G como aquele ponto no nosso lugar especial, e eu sou todo de vocês, meninas, escravo das suas fantasias mais selvagens até a meia-noite. 'E por que só até a meia-noite?', vocês se perguntam, decepcionadas; é porque à meia-noite eu vou para casa e só uma de todas as beldades aqui vai ter o privilégio de me acompanhar e se fundir ao meu corpo aveludado numa noite de toques verticais e horizontais, e sobretudo virais, e, claro, só pelo tempo que minha pílula azul da felicidade me permitir — ela me concede algumas horas e a verdade é que me empresta o que o câncer de próstata me tomou. Abre parênteses: como é estúpido esse câncer, se vocês querem minha opinião. Sério, pensem um pouco, eu tenho essas partes do corpo tão bonitas e sexys. Vem gente de Ashkelon para contemplar essa beleza toda, o pomo do meu calcanhar, por exemplo", ele volta as costas para a plateia, jogando graciosamente a bota para trás, "minhas coxas esculturais, ou meu peito sedoso, meu cabelo esvoaçante, e vem esse maldito e prefere se alojar na próstata! Brincar com o meu pipi, o que é isso? Estou decepcionado com ele, fecha parênteses. Mas até meia-noite, minhas irmãs, vamos fazer a casa cair com risos e imitações, uma compilação das minhas apresentações nos últimos vinte anos, o que não havia sido anunciado, por que como alguém iria gastar um só shekel num anúncio meu a não ser num boxe do tamanho de um selo num jornaleco de distribuição gratuita em Netanya? Nem mesmo um aviso pregado numa árvore esses putos puseram. Você economizou às minhas custas, Ioav. À sua saúde, meu caro. Fisko, o rottweiler perdido, teve mais atenção do que eu nos postes de eletricidade daqui. Eu vi, verifiquei poste por poste da zona industrial. Mandou bem, Fisko, está fazendo tudo certo; não se apresse em voltar, ouça o que eu digo, a melhor maneira para que te valorizem em algum lugar é não estar ali, não é mesmo? Não era a ideia de Deus por trás de toda a história do Holocausto? Não é nisso que se baseia o conceito de morte?"

O público se deixa arrastar por ele.

"Vamos, me digam, Netanya, não é uma loucura o que se passa na cabeça dessas pessoas que pregam anúncios de animais desaparecidos? 'Procura-se um hamster dourado, manco de uma perna, sofre de catarata, sensível a glúten e alérgico a leite de amêndoas.' *Hello!* Qual é o problema de vocês? Eu, sem procurar, posso dizer onde ele está: o hamster de vocês está numa instituição para deficientes."

O público ri abertamente e se acalma um pouco, como se sentisse que em algum lugar um perigoso erro de navegação havia sido corrigido.

"Quero que você venha assistir ao meu espetáculo", ele me diz ao telefone, depois de ter conseguido penetrar minha memória renitente. Evocamos algumas memórias surpreendentemente comoventes daquelas horas em que caminhávamos juntos duas vezes por semana do bairro de Bait va-Gan até o ônibus que levava a minha casa, no bairro de Talpiot. Ele falou dessas caminhadas com enorme entusiasmo: "Foi lá que começou, de verdade, uma amizade entre a gente", ele disse duas ou três vezes e riu com uma felicidade espantada, "andamos e falamos e falamos, uma amizade walkie-talkie", e continuou a desfiar as lembranças em seus mínimos detalhes, como se essa amizade tão curta tivesse sido a melhor coisa que acontecera na vida dele. Eu ouvi com paciência, esperando para saber o que ele queria exatamente que eu fizesse por ele, para que pudesse negar sem magoá-lo demais e voltar a ter minha vida sem ele.

"Espetáculo de *que* você quer eu vá assistir?", eu o interrompi numa pausa para respirar.

"Bom", ele riu, "como dizer... basicamente eu faço stand-up."

"Ah", eu disse aliviado, "isso não é para mim."

"Você conhece stand-up?", ele riu. "De certa forma eu não achava que você... Já viu alguma vez um espetáculo?"

"Aqui e ali, na televisão", eu disse. "Não leve para o pessoal, mas isso é uma coisa que não tem nada a ver comigo."

Me livrei de uma vez da paralisia que se instalara em mim desde o momento em que atendi o telefone. Se tinha algum mistério nessa ligação ou alguma promessa nebulosa — digamos, da retomada de uma antiga amizade — isso agora tinha se dissipado: stand-up.

"Ouça", eu disse, "não sou seu público-alvo. Todas essas piadas, brincadeiras e anedotas não são para minha cabeça nem para minha idade, sinto muito."

"O.k.", ele disse pausadamente, "aí está uma resposta bastante clara, ninguém pode dizer que você é dado a ambiguidades."

"Não leve a mal", eu disse, e vi que a cachorra levantava as orelhas e olhava para mim preocupada, "tenho certeza de que há muita gente que aprecia esse tipo de diversão, não estou julgando ninguém, gosto não se discute..."

Devo ter acrescentado mais algumas palavras nesse tom. Ainda bem que não me lembro de tudo. Não tenho nada a dizer em minha defesa, talvez apenas que desde o primeiro momento senti, e pelo visto lembrei vagamente, que esse homem parecia com uma daquelas chaves antigas — de repente essa expressão infantil me voltou à memória— e que eu precisava tomar muito cuidado.

Mas nem mesmo isso, é claro, justifica a minha agressividade. Porque subitamente, não sei por quê, caí sobre ele como se ele fosse o representante de toda a irresponsabilidade humana, em todas as suas vertentes: "E tem isso que, para gente como você", eu disse, irritado, "tudo é na verdade material para piada, tudo e todos, qualquer coisa serve, por que não? Basta ter um pouco de capacidade de improvisação e raciocínio rápido, e então pode-se fazer piada e paródia e caricatura de qualquer coisa — de doenças, da morte, de guerras, dá para zombar de tudo, não é?"

Houve um silêncio prolongado. O sangue aos poucos baixou do meu cérebro, deixando uma sensação de frescor na cabeça. E de espanto comigo mesmo. Com essa pessoa que me tornei.

Eu ouvi sua respiração pesada. Senti Tamara se contrair dentro de mim. "Você está cheio de raiva", ela disse. "Estou cheio de saudade", pensei, "não está vendo? Intoxicação de saudade, é isso que eu tenho."

"Por outro lado", ele balbuciou numa voz murcha e com uma espécie de melancolia que abrandou meu coração, "a verdade é que eu também não sou mais um entusiasta do stand-up como já fui. Sim, isso era para mim como andar na corda bamba. A cada momento você podia se espatifar na frente de todo mundo. Você erra o ponto por um milímetro, ou, digamos, põe uma palavra no lugar errado da frase, ou sua voz se eleva um pinguinho em vez de baixar, e o público congela na hora. Mas um segundo depois você toca o ponto certo, e o público de repente abre as pernas."

A cachorra bebeu um pouco d'água. Suas orelhas compridas tocam o chão dos dois lados da tigela. Ela tem grandes falhas na pelagem no corpo todo. Está quase cega. O veterinário não para de me encher para que eu concorde em sacrificá-la. Ele tem trinta e um anos. Eu suponho que para ele eu também poderia ser sacrificado. Pus os pés sobre uma cadeira na minha frente. Tentei me acalmar. Há três anos, por causa de explosões como essa, perdi meu trabalho, e então pensei: vai saber o que perdi agora.

"Por *outro* outro lado", ele continuou, e só então percebi como tinha sido longo o silêncio que compartilhamos, cada um imerso em seus pensamentos, "no stand-up, apesar de tudo, você às vezes faz as pessoas rirem, e isso já é alguma coisa."

Essas últimas palavras ele disse baixinho, como que para si mesmo, e eu pensei: ele está certo, já é alguma coisa, é uma grande coisa. Olhe para mim, por exemplo. Quase não me lembro do som da minha risada. E quase pedi a ele para pararmos por aqui e recomeçarmos toda a conversa. E dessa vez como dois seres humanos, para que eu pudesse ao menos explicar como é que pude me esquecer dele, como a aversão pela memória de alguma coisa enorme e dolorosa do passado obscurece e apaga aos poucos grandes parcelas do passado inteiro.

"O que eu quero de você?" Ele toma um fôlego profundo, "bem, na verdade, eu já não tenho certeza de que isso ainda importe…"

"Eu entendo que você quer que eu vá ao seu show."

"Sim."

"Mas por quê? Por que você precisa de mim lá?"

"Olha só, aqui você me pegou… Eu não sei como dizer… Parece estranho pedir a alguém uma coisa dessas." E riu: "Para ser sincero, pensei muito nisso, já faz algum tempo que estou remoendo isso comigo mesmo, e não sabia, e não tinha certeza, e no fim pensei que só pra você eu posso pedir isso."

De repente havia alguma coisa em sua voz. Quase uma súplica. O desespero de um último pedido. Tirei os pés da cadeira.

"Estou ouvindo", eu disse.

"Eu quero", ele despejou, "que você olhe para mim. Que me enxergue. Que me enxergue direito. E que depois me diga."

"Diga o quê?"

"O que viu."

"Para resumir, pequena Netanya, esta noite vamos bombar aqui a mãe de todos os shows! Este seu fiel criado diante de centenas de fãs arrancando sutiãs... sim, pode ir abrindo o fecho, mesa dez, abre... Opa! De repente ouvimos um 'bum', não é?"

O público ri, mas é um riso curto e embotado. Os jovens riem um pouco mais, e o homem no palco não está satisfeito, a mão paira sobre o rosto como se procurasse o lugar onde vai doer mais. As pessoas olham, eletrizadas, para essa mão cujos dedos abrem e fecham lentamente, como uma onda. Não faz sentido, eu penso, isso não está acontecendo, ninguém bate em si mesmo dessa maneira.

"Tolinho", ele diz numa voz rouca, e parece que é a mão que sussurra, que são os dedos que sussurram, "tolinho, eles não estão rindo direito de novo! Como esta noite vai terminar?" Ele lança ao público um sorriso frio através dos dedos que envolvem seu rosto, como grades. "Não são as risadas que você costumava receber", ele diz com ar pensativo e triste, enquanto o ouvimos conversar sozinho, "talvez você não esteja na área certa, Dovale, talvez realmente tenha chegado a hora de ir embora." Ele continua falando sozinho com uma serenidade objetiva e capaz de gelar o sangue. "Se mandar, ir embora, pendurar as chuteiras e, aproveitando o ensejo, pendurar você também. Mas, o que você acha, vamos experimentar com eles o papagaio, uma última chance?" Ele afasta a mão do rosto e a deixa flutuando no ar. "Um cara tinha um papagaio que não parava de xingar. Desde o instante em que abria os olhos até a hora de dormir não parava de xingar com os palavrões mais grosseiros que existem. E o cara até que era delicado, instruído, bem-educado..."

O público acompanha, dividido entre a piada e o piadista, atraído pelos dois.

"Por fim, não teve jeito. O cara começou a ameaçar o papagaio: 'Se você não parar, eu tranco você no armário!'. O papagaio só ficou ainda mais assanhado, começou a xingar também em ídiche..."

Ele para e ri alto sozinho, bate levemente na coxa: "Sério, Netanya, vocês vão gostar disso, não tem como não gostar".

O público vaia. Aqui e ali olhos se comprimem, preparando-se para o rápido movimento da mão descendo sobre o rosto.

"Em resumo, o sujeito agarra o papagaio, joga dentro do armário e tranca a porta. Lá dentro, o papagaio solta uma cloaca tão imunda que o rapaz quer morrer de tanta vergonha. Finalmente, ele não aguenta mais, abre o armário, agarra o papagaio com as mãos, o papagaio berra, xinga, morde, pragueja até em língua estrangeira, e ele leva o bicho para a cozinha, abre a porta do freezer, joga o papagaio dentro e fecha a porta.

"O sujeito encosta a orelha no freezer, ouve palavrões vindos de dentro, arranhões na porta, bater de asas... Algum tempo depois tudo fica quieto. Mais um minuto e nada. Silêncio. Nem um pio do pássaro. O cara começa a ficar preocupado, com remorso, talvez o papagaio tenha congelado lá e morrido, hipotermia, sei lá. Ele abre a porta, preparado para o pior, e vê aí o papagaio, que sai com as pernas bambas, sobe no ombro dele e diz: 'Meu senhor, não tenho palavras para expressar meu arrependimento. De agora em diante o senhor não vai ouvir de minha boca nem um só termo de baixo calão'. O sujeito olha para o papagaio e não acredita no que está ouvindo. E então o papagaio diz: 'A propósito, meu senhor, qual foi exatamente o crime cometido pela galinha?'".

O público ri. Um grande suspiro contido é exalado na risada. Talvez o público risse também para salvar de si mesmo o homem que está no palco. Que estranho contrato está se delineando aqui, e qual minha parte nele? A dupla de jovens pálidos se inclina sobre a mesa. Seus lábios se projetam tensos, quase com paixão. Talvez esperem que ele bata de novo em si mesmo? O homem presta atenção na risada que vem da plateia com a cabeça inclinada e a testa franzida. "Então tá", ele suspira depois de avaliar a intensidade e a duração do riso, "mais do que isso não vai dar para arrancar deles. Temos hoje aqui um público difícil e refinado, Dovalezinho. Pode até ser que alguns deles sejam de esquerda, o que demanda uma abordagem mais assertiva, quem sabe até uma pitada de moralismo. *Onde estávamos?*" Ele se anima com esse grito. "Falávamos de aniversário, que é exatamente o dia de prestação de contas da alma, para aqueles que a têm, porque, na verdade, na minha situação atual, não estou conseguindo manter uma, pois, falando sério, alma é uma coisa que exige manutenção *non stop*, não é verdade? Não acaba nunca! O dia inteiro e todo dia! Me digam, tenho ou não tenho razão?"

Copos de cerveja são erguidos, confirmando suas palavras. Parece que sou o único que ainda está sob influência da mão acima de seu rosto; eu e talvez uma senhora muito pequena sentada não longe de mim, olhando para ele com olhos admirados desde o momento que ele entrou no palco, como se tivesse dificuldade em acreditar que existe no mundo uma criatura assim. "Tenho ou não tenho razão?", ele grita mais uma vez, e o público responde com ganidos de assentimento. "*Te-nho ou não te-nho ra-zão?*", ele brada com toda a força, e eles berram que sim, ele tem razão, ele tem razão. Em alguns, o esforço deixa os olhos vidrados, e parece que quanto maior o barulho, mais satisfeito ele fica, mais se compraz em incitá-los, em excitar neles alguma glândula vulgar, até mesmo corrupta, e de repente fica claro para mim, do jeito mais simples, que eu não quero e não preciso estar aqui.

"Pois essa *fucking* de alma, maldita seja, fica dando voltas com a gente a cada segundo, vocês perceberam isso? Perceberam isso, Netanya?" Eles respondem num urro que sim, que perceberam, e ele: "Uma hora ela quer isso, depois não quer mais, e aí ela detona em você uma euforia com direito a fogos de artifício, e meio minuto depois baixa um porrete na sua cabeça, e aqui ela está morrendo de tesão e ali tem uma crise e um capricho! Quem é que pode com ela, me digam vocês, quem precisa dela?". Ele fica agitado e eu olho em volta, e mais uma vez parece que além de mim e daquela mulher excepcionalmente pequena, quase anã, todos, sem tirar nem pôr, estão satisfeitos. Que diabos estou fazendo aqui e que obrigação eu tenho com alguém que há quarenta e tantos anos fez aulas particulares comigo? Vou lhe dar mais cinco minutos, cinco minutos cronometrados, e depois, se não houver, como posso dizer?, uma reviravolta no enredo, eu me levanto e vou embora.

De algum modo, ao telefone, havia alguma coisa de atraente na proposta dele, e aqui também, não nego, ele tem seus momentos. Os golpes que aplicou em si mesmo, por exemplo, até nisso havia alguma coisa, não sei dizer, que abriu uma espécie de abismo convidativo. E esse rapaz não é bobo. Nunca foi, e com certeza esta noite também estou deixando escapar qualquer coisa, algum sinal que estou tendo dificuldade para identificar, alguém que me chama de dentro dele. Mas o que fazer se as fronteiras do gênero dele são tão limitadas?

Não, não, eu penso, começando a me preparar para uma

saída rápida, ele não poderá vir com reclamações. Eu fiz o esforço, vim de Jerusalém, dei minha atenção durante quase meia hora, não encontrei nele nem benevolência nem juventude, e agora estou me desligando.

Ele faz mais um discurso entusiasmado contra nada menos que "a merda da ideia da *fucking* imortalidade da alma". Deixa claro que se permitissem escolher ele agarraria com as mãos a opção de ficar com o corpo. "Pensem num corpo que é só corpo", grita, "sem pensamentos, lembranças, só um corpo besta, saltitando no prado como um zumbi, comendo, bebendo e fodendo sem consciência." E aqui ele nos faz uma demonstração, saltitando e movimentando a pelve alegremente, e distribuindo sorrisos ocos. Sinalizo à garçonete que me traga a conta. Abro mão também da honra de ser convidado dele. Não quero lhe dever nada. Mesmo assim o mundo já é uma almofada cheia de alfinetes. Erro, foi um erro vir até aqui. Ele capta o movimento da minha mão para a garçonete e seu semblante cai, realmente desaba.

"Não, é sério!" Ele se alarma, e sua fala fica ainda mais acelerada, "vocês sabem o que é, hoje em dia, manter uma alma? Sem brincadeira, é um artigo de luxo! Façam as contas e verão que sai mais caro que rodas de magnésio! A alma mais simples, estou dizendo a vocês, sem falar em Shakespeare ou Tchékhov ou Kafka — aliás, material de primeira, me disseram, eu, pessoalmente, não li —, aceitem minha emocionante confissão, sofro de uma dislexia profunda, terminal, juro, quando eu ainda era um feto descobriram isso, o médico que me examinou sugeriu a meus pais que considerassem um aborto..."

O público ri. Eu não. Lembro-me vagamente de que ele às vezes falava de livros cujo título eu tinha ouvido falar e sabia que iam cair na prova final do curso dois anos depois. E ele falava como quem realmente tivesse lido os livros. *Crime e castigo* estava entre eles, e se não me engano *O processo* também, ou *O castelo*. Agora, no palco, ele continua a lançar num ritmo alucinante títulos de livros e nomes de escritores, garantindo aos que estão na plateia que nunca os havia lido, e eu começo a sentir uma coceira na parte superior das costas, e fico pensando se ele agora só está tentando agradar o público, vendendo ser "simples" e "do povo", ou se está tramando algo que no final vai chegar até mim. Com os olhos, apresso a garçonete.

"Pois quem sou eu, afinal?", ele berra. "Eu sou um gênero inferior, não é mesmo?" E aqui ele volta para mim o corpo inteiro e dá um sorriso amargo: "pois o que é o stand-up, vocês já pensaram nisso? Me ouçam, Netanya: é apenas uma diversão muito patética, vamos falar a verdade. E vocês sabem por quê? Porque é possível ver a gente suar! Nosso esforço para fazer rir! É por isso!". Ele cheira a própria axila e faz uma careta. O público ri um pouco, confuso, eu me endireito na cadeira e cruzo as mãos sobre o peito, pois me parece que aqui uma guerra está sendo declarada.

"Dá para ver na nossa cara o esforço", ele eleva ainda mais a voz. "O esforço de fazer rir a qualquer preço, e como nós imploramos de verdade que gostem de nós." (Essas também, eu suponho, são pérolas selecionadas da conversa telefônica.) "E exatamente por tudo isso, senhoras e senhores, eu dou as boas-vindas, com grande respeito e emoção, à instância mais alta da Justiça de nosso país, o juiz do Supremo Tribunal, Avishai Lazar, que apareceu de surpresa esta noite, totalmente de surpresa, só para oferecer publicamente seu apoio a nossa pobre e patética arte. *O tribunal!*"

O bufão traiçoeiro salta para uma tesa posição de sentido e bate os calcanhares, depois faz uma reverência profunda para mim. Cada vez mais pessoas se viram para me olhar, parte delas batendo palmas numa obediência automática, e eu balbucio de maneira imbecil: "Regional, não Supremo, e aposentado"; e ele, no palco, dá uma risada calorosa e desenvolta, obrigando-me a fingir que estou rindo junto com ele. Dentro de mim eu sabia o tempo todo que ele não me deixaria sair daqui facilmente. Pois todo esse negócio, o convite para vir e a proposta infundada que o acompanhou, era uma armadilha, uma vingança pessoal na qual me deixei apanhar como um idiota. Desde o momento em que anunciou que era seu aniversário — detalhe que deixou de fora quando falou comigo —, comecei a sentir o nó apertando. E a garçonete, num ato exemplar de péssimo timing, me traz a conta. Todo o público está olhando para mim. Tento entender como devo reagir, mas tudo está acontecendo rápido demais, e desde que a noite começou estou sentindo como minha vida solitária é lenta, como ela me faz lento. Dobro a conta e a ponho debaixo do cinzeiro, devolvendo o olhar dele.

"Uma alma simples, estou falando para vocês", ele engole um pequeno sorriso e faz um sinal ao diretor para que me mande mais uma cerveja na conta dele, "uma alma novata, sem equipamentos e sem extras, uma alma básica, uma simples alma de um cara que só quer comer bem e beber razoavelmente e ficar doidão numa boa e gozar uma vez por dia e foder uma vez por semana e que não o encham com nada, e de repente ele descobre que essa *fucking* alma, maldita seja, quantas exigências ela faz! Tem todo um comitê de empregados fazendo reivindicações!". E ele ergue de novo a mão para a plateia e começa a contar, com o público juntando-se a ele na contagem, bradando em voz alta. "Remorsos: *um!*; e pesos na consciência: *dois!*; e tudo quanto é problema e dificuldade, *três!*; e pesadelos e insônia por medo do que vai acontecer daqui a pouco e de como vai acontecer, *quatro!*"

Por todos os lados as pessoas balançam a cabeça, solidárias,

40

e ele ri: "Juro, a última vez que me achei um cara sem problemas eu ainda tinha prepúcio". O público gargalha. Eu enfio na boca um punhado de castanhas e as mastigo como se fossem os ossos dele. Ele está de pé no centro do palco, sob o feixe de luz, assentindo em sinal de aprovação, com os olhos fechados, como se estivesse concebendo toda uma teoria de vida. Aqui e ali espocam palmas acompanhadas de uns gritos de "uuuu" repentinos e grosseiros, principalmente de mulheres. Este homem, eu penso, não é bonito nem carismático nem atraente, e, contudo, como sabe tocar exatamente nos pontos que transformam pessoas numa multidão, numa horda.

E ele, como se ouvisse meu pensamento, corta a reação do público com um movimento brusco da mão, as faces ficam coradas, e agora sinto nele o exato oposto do que eu pensava antes: o simples fato de que concordam com ele, de que alguém, seja quem for, concorda com ele em algo, pelo visto também desperta nele uma rejeição, até mesmo repulsa — essa careta na boca, a contração das narinas —, como se todos aqui estivessem se espremendo para tocar nele.

"E este é o momento, senhoras e senhores, de agradecer a quem nos trouxe até aqui, quem sempre esteve pronto para ficar ao meu lado incondicionalmente, mesmo depois de mulheres e crianças e colegas de trabalho e amigos terem me deixado e me jogado fora e me abandonado." Ele me lança um olhar que é como uma alfinetada, e logo explode de tanto rir. "Até o diretor da minha escola, assim sem mais, só como exemplo, o senhor Pinchas ben-Adon, vamos orar pela elevação da sua alma — ele ainda está vivo, por sinal —, até ele me expulsou da nossa escola quando eu tinha quinze anos, direto para o Instituto de Ciências de Rua, e ainda escreveu no certificado, prestem bem atenção, Netanya: 'nunca deparei em toda a minha carreira com um cínico tão grande quanto este menino'. Forte, não? Vigoroso! E depois de tudo isso, o único que não me deixou e não me largou e não me abandonou fui só eu mesmo. Sim." E ele de novo movimenta a pelve e passa a mão pelo corpo num gesto sedutor. "E agora, meus irmãos, olhem bem e digam o que estão vendo. Não, sério, o que estão vendo? Uma poeira de gente, não é mesmo? Quase nada de matéria, e, com uma piscadela para as ciências exatas, eu diria até antimatéria. E já deve estar claro para vocês que estamos falando de uma pessoa a ponto de ser sucateada, não é mesmo?" Ele dá um risinho, piscando o olho, um tanto insinuante, na minha direção, como pedindo que, apesar de toda a minha raiva, eu cumpra a promessa que lhe fiz.

"E vejam só, Netanya, o que é fidelidade e até mesmo dedicação ao longo de cinquenta e sete anos bem escrotos! Vejam o que é dedicação e persistência no fracassado projeto de ser Dovale! Ou de apenas ser!", e ele começa a mancar pelo palco em movimentos de brinquedo de corda e a coaxar com a voz estridente: "Ser! Ser! Ser!". Para, volta lentamente para o público o rosto que brilha com a astúcia de um trapaceiro, de um ladrão ou de um batedor de carteira que conseguiu realizar seu intento: "Vocês estão percebendo que ideia impactante é essa de *ser*? Como é subversiva?".

E ele infla um pouco as bochechas e faz soar um "Pfff" muito curto, como uma bolha estourando.

"Dovale G, senhoras e senhores, também conhecido como Dubtchek, também conhecido como Dov Grinstein, principalmente em ações do Estado de Israel contra Dov Grinstein por pensão alimentícia." Ele olha para mim com uma sofrida ingenuidade e estala os dedos. "*Ia*, meu Deus, como comem aquelas crianças, meritíssimo! Seria interessante saber quanto um pai em Darfur paga de pensão alimentícia. Mister G, minhas senhoras! O primeiro e o único nesta merda de mundo disposto a passar uma noite inteira comigo sem cobrar nada, o que para mim é a

42

maneira mais pura e objetiva de julgar uma amizade. A vida é assim, *publikós*! A vida é assim, o homem faz o que pode e Deus fode."

Duas vezes por semana, aos domingos e às quartas-feiras às três e meia, terminávamos a aula com o professor particular, um homem religioso e melancólico, que não nos encarava nos olhos e tinha uma voz fanhosa e incompreensível. Tontos pelo ar abafado da casa e enlouquecidos com o cheiro da comida que sua mulher cozinhava, saíamos todos juntos e logo nos separávamos dos outros meninos do grupo. Caminhávamos no meio da tranquila rua principal do bairro, onde raramente passavam carros, e quando chegávamos ao ponto da linha 12, em frente à mercearia do Lerman, olhávamos um para o outro e dizíamos em uníssono: "Vamos até o próximo?". Assim seguíamos por cinco ou seis pontos, caminhando, até chegar à estação central de ônibus, que ficava perto do bairro em que ele morava, Romema, e lá esperávamos pelo ônibus que me levaria até Talpiot. Ficávamos sentados ao lado do ponto, em cima de uma mureta de pedras quase desmoronando onde crescia mato, e conversávamos. Ou melhor, eu sentava; ele não era capaz de ficar no mesmo lugar por mais do que alguns minutos.

Quase sempre ele fazia perguntas e eu respondia, essa era a nossa divisão de tarefas. Ele a estabeleceu, e eu me deixei seduzir por ela. Nunca fui falante; pelo contrário, era um garoto quieto e introvertido, com uma auréola ridícula, acredito eu, de obstinação e melancolia, da qual eu não conseguia me livrar mesmo se quisesse.

Talvez por culpa minha, talvez por causa das perambulações de minha família por conta dos negócios do meu pai, eu nunca tive um amigo de verdade. Tinha relações de amizade aqui e ali, camaradagens escolares breves com filhos de diplomatas e empresários estrangeiros. Mas desde que voltamos para Israel e para Jerusalém, para um bairro e para uma escola onde eu não conhecia ninguém e ninguém se esforçou para me conhecer, eu tinha ficado ainda mais solitário e espinhento.

E de repente surge esse menino pequeno e risonho, de outra escola e que não sabia que deveria ter medo de mim e de meus espinhos, e não se impressionou nem um pouco com minha obscura melancolia.

"Qual o nome da sua mãe?", foi a primeira pergunta que ele me fez quando saímos da aula, e lembro que deixei escapar uma risadinha de espanto: que ousadia desse nanico sardento de insinuar que eu tenho mãe!

"A minha", ele disse alegremente ao passar correndo por mim, "se chama Sara", e de repente se virou para me encarar: "Como você disse que era o nome da sua mãe? Ela nasceu em Israel? Onde seus pais se conheceram? Eles também são do Holocausto?".

Os ônibus para Talpiot vinham e iam enquanto conversávamos. Aí estávamos nós: eu, sentado na mureta, um menino magro (sim-sim) e comprido, com um rosto estreito e decidido e uma boca apertada, tomando cuidado para não sorrir; à minha volta agitava-se um menino pequeno, pelo menos um ano mais moço que eu, cabelo preto, pele muito clara, que sabia me tirar da concha com persistência e lábia, e que lentamente despertou em mim a vontade de lembrar, de falar, de contar sobre Guedera e Paris e Nova York, e sobre o Carnaval no Rio, e sobre o Dia dos Mortos no México, e a festa do Sol no Peru, e o passeio de balão sobre um rebanho de gnus nas planícies do Serengeti.

Com as perguntas que ele fazia comecei a perceber que tinha na mão um tesouro raro: experiência de vida. Que minha vida, que até então eu tinha vivido como uma opressiva vertigem de viagens e trocas sucessivas de casas e escolas e línguas e rostos, era na verdade uma grande aventura. Muito rápido eu descobri que os exageros eram bem-vindos: nenhum alfinete estourou meus balões, muito pelo contrário, eu poderia e deveria contar cada história diversas vezes, e a cada uma acrescentar detalhes e reviravoltas no enredo, alguns que tinham de fato acontecido, alguns que poderiam ter acontecido. Eu não me reconhecia quando estava com ele. Não reconhecia o garoto entusiasmado e agitado que surgia de dentro de mim. Não reconhecia a sensação de fervor nas têmporas, que de repente ardiam com pensamentos e imagens. E, principalmente, não reconhecia o prazer que recebia na recompensa imediata de meus novos talentos: aqueles olhos, que se arregalavam para mim com uma admiração e uma risonha felicidade. O brilho azul e profundo. Era meu pagamento, pelo visto.

Seguimos assim durante um ano inteiro, duas vezes por semana. Eu odiava matemática, mas por causa dele eu me esforçava para não perder uma aula sequer. Os ônibus vinham e iam, e nós ficávamos mergulhados em nosso mundo até que fôssemos de verdade obrigados a nos separar. Eu sabia que ele precisava buscar a mãe em algum lugar exatamente às cinco e meia. Ele me contou que ela era uma "alta funcionária" em algum escritório governamental, e eu não entendia por que ele precisava "buscá-la". Lembro que ele tinha um relógio Doxa de adulto, que lhe cobria o pulso magricela, e conforme se aproximava a hora ele olhava os ponteiros cada vez mais nervoso.

E na despedida sempre pairava entre nós uma possibilidade que nenhum dos dois ousava expressar em voz alta, como se ainda não confiássemos que a realidade saberia como agir em relação a essa nossa história frágil e delicada: Quem sabe nos encontramos uma vez assim, à toa, sem ter a ver com a aula? Quem sabe um cinema? E se eu for até a sua casa?

* * *

"E já que lembramos da tremenda fodida", ele ergue as mãos, "permitam-me, meus senhores, ainda no começo da noite, e em favor da justiça histórica, agradecer em nome de vocês, do fundo do coração, às mulheres — a todas as mulheres do mundo! Por que não somos generosos, meus irmãos? Por que não reconhecemos ao menos uma vez onde de fato está nosso pássaro cor-de-rosa, a essência de nossa existência e também o motor de nossas buscas? Por que não nos curvarmos ao menos uma vez e agradecermos, como deve ser, ao tempero doce e picante da vida, que ganhamos no jardim do Éden?" E ele realmente faz uma reverência, inclina várias vezes a cabeça e o tronco em direção a mulheres na plateia, e tenho a impressão de que cada uma delas, mesmo as que estão acompanhadas, responde com um rápido piscar de olhos, quase involuntário. Com as mãos, ele incentiva outros homens a fazerem o mesmo. A maioria ri, uns poucos ficam congelados em suas cadeiras junto a suas mulheres igualmente congeladas, porém quatro ou cinco deles aceitam a sugestão, levantam-se, rindo embaraçados, e fazem uma rígida reverência a suas acompanhantes.

Esse gesto sentimental barato é, para mim, um ato tolo, e mesmo assim, para minha surpresa, me vejo fazendo uma rápida reverência, quase imperceptível, para a cadeira vazia ao meu lado, o que serve para provar mais uma vez até que ponto me sinto perdido e inseguro esta noite. Para ser mais exato, foi só um movimento com a cabeça, e uma piscadinha também me escapou, a piscadinha que ela e eu sempre trocávamos, mesmo quando estávamos no meio de uma briga, duas faíscas voando de um olho ao outro, a faísca-eu que está dentro dela, a faísca-ela que está dentro de mim.

Peço uma dose de tequila e tiro o suéter. Não imaginei que

estaria tão quente aqui. (Tenho a impressão de que a mulher na mesa ao lado sussurra para seu acompanhante: "Até que enfim".) Cruzo os braços sobre o peito e olho para o homem em cima do palco, e em seus olhos desbotados vejo a mim e a ele, e me recordo daquela sensação de *nós dois*. Lembro da emoção incandescente, e também da permanente vergonha que eu sentia quando estava com ele: naquela época meninos não falavam assim. Não sobre coisas desse tipo nem com essa linguagem. Em todas as minhas breves amizades com meninos sempre havia certa anonimidade mútua, confortável e masculina, mas com ele...

Procuro nos bolsos. Das calças, da camisa. Na carteira. Até alguns anos atrás eu não saía de casa sem um caderninho. Caderninhos cor de laranja dormiam conosco na cama para o caso de me ocorrer, enquanto eu pegava no sono ou durante algum sonho, um argumento poderoso que eu pudesse incluir num veredito, ou até uma imagem forte, ou uma citação esclarecedora (eu era conhecido por essas coisas). Encontro três canetas, mas nem um pedaço de papel. Faço um sinal à garçonete, que me traz um pacote de guardanapos verdes, acena com eles ainda de longe e lança para mim um sorriso bobo.

Um sorriso bem doce, na verdade.

"E mais do que tudo, meus irmãos e minhas irmãs", ele ruge, quase vertendo lágrimas de alegria por causa dos guardanapos e das canetas, "depois de agradecer a todas as mulheres do mundo, quero agradecer especialmente a todas as doçuras que privatizaram essa minha iniciativa privada que é o sexo, a todas aquelas que desde os meus dezesseis anos ficaram embaixo de mim e em cima, me masturbaram, viraram de costas, me chuparam, me cavalgaram..."

O público está satisfeito, em sua maioria, mas há quem torça o nariz. Não muito longe de mim uma mulher tira um pé do sapato apertado e o esfrega na panturrilha da outra perna, e minha barriga se contrai pela terceira ou quarta vez esta noite — as pernas firmes e fortes de Tamara —, e eu ouço meu próprio gemido, algo que tinha esquecido há muito tempo.

E de repente, no palco, vejo o sorriso dele de outros tempos, cativante e entusiasmado, e já posso dar uma respirada, como se estivesse se dissolvendo um pouco da opressão que acompanha o espetáculo desde o começo, e tenho vontade de sorrir para ele. É um momento bom, um momento particular de nós dois, e me recordo de como ele saltitava a minha volta com expressões de alegria, gritando e rindo, como se o ar lhe fizesse cócegas. Seus olhos têm neste momento aquela mesma luz, um pequeno feixe de luz dirigido a mim, que acredita em mim, e é como se fosse possível consertar tudo, até mesmo para nós, para ele e para mim.

E também desta vez o sorriso se apaga num instante, como se ele tivesse puxado o sorriso de debaixo dos nossos pés, e, mais que de qualquer um, de debaixo dos meus pés. Novamente tenho a sensação de uma ilusão profunda, obscura, que ocorre num lugar aonde as palavras não chegam.

"Eu não acredito!", ele ruge de repente. "Você, a pequena aí com o batom, você, sim, se maquiou no escuro? Ou a sua maquiadora sofre de Parkinson? Diga-me, boneca, você acha que faz sentido que eu dê um duro danado para fazer você rir enquanto você fica mandando mensagem de texto?"

Ele está falando com a pequena senhora sentada sozinha numa mesa próxima. O cabelo dela é uma torre, estranha e complicada, uma espécie de cone trançado, com uma rosa vermelha espetada.

"Você acha isso bonito? O sujeito se matando, derramando sua alma para você, revelando suas entranhas, se despindo, e como!, se desnuda até a próstata! E você enviando mensagem de texto? Pode-se saber que mensagem era essa tão urgente?"

Ela responde com uma seriedade absoluta, quase como uma repreensão: "Não era mensagem de texto!".

"Não é bonito mentir, benzinho, eu vi! Tac-tac-tac! Dedinhos pequenos e rápidos! Aliás, você está sentada ou está de pé?"

"O quê?", ela imediatamente enfia a cabeça entre os ombros. "Não... eu estava escrevendo para mim mesma."

"Para você mesma?", ele arregala os olhos para a plateia, conspirando contra ela.

"Eu tenho isso", ela balbucia, "um aplicativo para tomar notas..."

"Isso realmente nos interessa muito, gracinha. O que você acha de nós todos sairmos por um momento para não atrapalhar essa prazerosa conexão entre você e você mesma?"

"O quê?", ela acena com a cabeça, assustada. "Não, não, não saiam."

Há um estranho distúrbio na fala dela. A voz é infantil e fina, mas as palavras saem espessas de sua boca.

"Então, conte para nós, finalmente, o que você escreveu para você mesma?" Ele está explodindo de alegria, e logo responde: "*Querida eu mesma, temo que tenhamos de nos separar, meu passarinho, porque esta noite encontrei o homem dos meus sonhos, a quem vou unir meu destino, ou que pelo menos vou algemar na minha cama para uma semana de sexo selvagem...*".

A mulher fica olhando para ele com a boca aberta. Ela calça sapatos ortopédicos pretos de sola grossa e os pés não alcançam o chão. Uma bolsa vermelha grande e brilhosa está espremida entre ela e a mesa. Fico pensando se ele está vendo tudo isso lá de cima do palco.

"Não", ela diz depois de pensar lentamente, "está tudo errado, eu não escrevi nada disso."

"Então o *que* você escreveu?", ele grita com as mãos na cabeça, fingindo desespero. A conversa, que no início parecia promissora para ele, se complica cada vez mais, e ele decide desfazer o contato.

"É particular", ela sussurra.

"Par-ti-cu-lar!" No momento em que estava recuando, essa palavra o captura como um laço e o traz de volta com o pescoço inclinado para trás. Ele cambaleia assim sobre o palco e vira para nós o rosto chocado, como se uma palavra especialmente indecente tivesse sido jogada no ar: "E que profissão, se me permite perguntar, pratica essa nossa senhora tão particular e íntima?".

Passa pelo público um sopro gelado.

"Sou manicure."

"Essa é boa!" Ele vira os olhos, estende as mãos com os dedos abertos e joga a cabeça de um lado e para o outro: "Francesinha, por favor! Não, na verdade quero glitter". Ele sopra suavemente as unhas, uma após outra: "Talvez parecendo cristais? Como você se sai com os minerais, benzinho? Ou com flores secas?".

"Mas só posso fazer no clube da nossa aldeia", ela sussurra. E acrescenta: "Também sou médium". Assustada com a própria ousadia, ela ergue a bolsa vermelha e a coloca como uma barreira entre ela e ele.

"Mé-dium?", a raposa em seus olhos para de correr, senta, lambe os beiços. "Senhoras e senhores", ele anuncia gravemente, "peço a sua atenção. Temos aqui esta noite, numa circunstância única, uma manicure que também é mé-dium! Onde estão as palmas? Onde estão as unhas?"

O público obedece, constrangido. Parece que a maioria preferia que ele deixasse a mulher em paz e buscasse uma vítima mais adequada.

Ele caminha devagar pelo palco, a cabeça baixa, as mãos juntas atrás das costas. Tudo nele exprime meditação e sabedoria. "Por médium você quer dizer que se comunica com outros mundos?"

"O quê? Não… eu, por enquanto, só com espíritos."

"De mortos?"

Ela assente com a cabeça. Mesmo no escuro eu vislumbro as pulsações rápidas da artéria em seu pescoço.

"Ahh…", ele diz com um entendimento profundo e afetado. Dá para ver como ele mergulha dentro de si mesmo para encontrar as pérolas de gozação que esse encontro lhe propicia. "Mas então talvez a senhora médium possa nos contar… um momento, de que parte do país você é, Polegarzinha?"

"Você não pode me chamar assim."

"Perdão…", ele recua, sentindo que cruzou uma linha. "Não é totalmente um merda", eu escrevo no guardanapo.

"Agora sou daqui, bem ao lado de Netanya", ela diz, e a dor da ofensa ainda aparece em seu rosto. "Temos uma aldeia… de pessoas como… como eu, mas quando eu era pequena fui sua vizinha."

"*Você morou ao lado do Palácio de Buckingham?*" ele se anima, agita as mãos no ar e arranca mais uma débil trilha de risos. Vi que ele hesitou por uma fração de segundo antes de resolver não fazer graça daquele "quando eu era pequena": me divirto acompanhando os inesperados limites que ele se traça. Pequenas ilhas de comiseração e decência.

Mas agora percebo o que ela está lhe dizendo.

"Não", ela afirma com a mesma severa rigidez, ritmando palavra por palavra. "O Palácio de Buckingham fica na Inglaterra. Eu sei, porque…"

"O que é isso? O que você disse?"

"Eu faço palavras cruzadas. Eu sei todos os paí…"

"Não, antes disso. Ioav?"

O diretor da sala acende uma luz sobre ela. Na elevação enrolada que é seu cabelo grisalho há uma faixa roxa. Ela é mais velha do que pensei, mas seu rosto é muito liso, como marfim.

51

Tem nariz achatado e pálpebras inchadas, mas ainda assim, de certo ângulo, demonstra uma beleza escondida.

Ela enrijece sob os olhares que são nela cravados. O par de jovens motociclistas troca sussurros excitados. Ela desperta alguma coisa neles. Conheço esses tipos. Flores do mal. Exatamente como os que me faziam ficar com muita raiva no alto de minha cadeira de juiz. Olho para ela através dos olhos deles: com seu vestido festivo, a flor espetada no cabelo e a boca besuntada de batom, ela parece uma menina que se fantasiou de senhora e foi para a rua, já sabendo que alguma coisa ruim estava para lhe acontecer.

"Você foi minha vizinha?"

"Sim, em Romema. Assim que você entrou eu vi." Ela inclina a cabeça e diz baixinho: "Você não mudou nada".

"Não mudei nada?", ele ri. *"Eu não mudei nada?"* Ele coloca a mão sobre os olhos e a examina, forçando a vista. O público acompanha, eletrizado, preso a este processo que se desenrola diante de seus olhos: a transformação de um material vital em piada.

"E você tem certeza de que sou eu?"

"Claro", ela dá uma risadinha e seu rosto se ilumina. "Você é o menino que andava plantando bananeira."

Silêncio no salão. Minha boca fica seca. Só o vi caminhar sobre as mãos uma vez, no dia em que o vi pela última vez.

"Sempre sobre as mãos", ela ri escondendo a boca com a mão.

"Hoje em dia eu mal caminho sobre as pernas", ele balbucia.

"Atrás da mulher que usava botas grandes."

Ele deixa escapar um pequeno suspiro involuntário.

"Uma vez", ela acrescenta, "na barbearia do seu pai, eu te vi de pé, sobre as pernas, e não te reconheci."

O público volta a respirar. As pessoas trocam olhares com

as mesas vizinhas. Não sabem ao certo o que sentir. Ele olha do palco agitado e nervoso. Isso não estava no programa, é o que ele me transmite na frequência de onda que funciona entre nós, e isso não vem de maneira nenhuma ao caso. Eu queria que você me visse puro, sem acréscimos. Depois, ele se aproxima da beirada do palco, abaixa e apoia num joelho só. Com a mão sobre os olhos, ele olha para ela.

"E como você disse que era seu nome?"

"Não importa…" Quando ela enfia a cabeça entre os ombros, vê-se uma pequena corcunda abaixo da nuca.

"Importa, sim", ele diz.

"Azulay, meus pais eram Ezri e Ester, que descansem em paz." Ela busca no rosto dele algum indício de reconhecimento. "Você certamente não se lembra deles. Moramos lá por pouco tempo. Meus irmãos cortavam o cabelo com seu pai."

Quando ela se distrai, percebe-se melhor o distúrbio em sua fala. Era como se tivesse algo muito quente enfiado na garganta.

"Eu era pequena, tinha oito anos e meio, e você talvez já fosse bar mitsvá, e ficava o tempo todo sobre as mãos, você até falava comigo assim, lá de baixo…"

"Só para espiar por baixo do vestido", ele pisca para o público, e ela balança intensamente a cabeça, a torre de cabelo se agita. "Não, não é verdade, você falou comigo três vezes, e meu vestido era comprido, azul e quadriculado, e eu também falei com você, mesmo sendo proibido…"

"*Proibido?*", ele se atira sobre a palavra com as garras para fora. "Mas por quê? Por que era proibido?"

"Não faz diferença."

"Claro que faz!" Sua voz vem das profundezas do coração. "O que foi que te disseram?"

Ela balança a cabeça com força.

"Só me conte o que te disseram."

53

"Que você era um menino maluco", ela por fim deixa escapar. "Mas eu falei com você. Falei três vezes."

Ela se cala e olha para os dedos. Seu rosto de repente está brilhando de suor. Na mesa de trás uma mulher se inclina para o marido e sussurra alguma coisa. O marido faz que sim com a cabeça. Eu estou completamente confuso. Tonto. Escrevo rapidamente no guardanapo, tentando pôr alguma ordem. O menino que conheci. O menino que ela conheceu. O homem no palco.

"Então você diz que falamos três vezes?" Ele engole, e pela expressão de seu rosto é uma saliva muito amarga. "Que maravilha..." Ele se obriga a se recompor, lança uma piscadinha para a plateia. "E você certamente também se lembra do que dissemos..."

"Na primeira vez você disse que já tínhamos nos encontrado uma vez."

"Onde?"

"Você disse que tudo na sua vida estava acontendo pela segunda vez."

"E depois de tanto tempo você lembra que eu disse isso?"

"E você disse que, juntos, tínhamos sido crianças no Holocausto, ou na Bíblia, ou na época do homem das cavernas, você não se lembrava exatamente onde e quando, e que tínhamos nos encontrado lá pela primeira vez, você era um ator de teatro e eu era uma dançarina..."

"M-eus s-enhores!" Ele a interrompe, dá um salto e fica de pé, se afastando dela rapidamente: "Temos aqui um raro testemunho de caráter sobre elezinho aqui, quando era pequeno! Eu não disse a vocês? Não avisei? O idiota do bairro, o menino doido, vocês ouviram! E que ainda dá em cima de menininhas, um pedófilo! E além de tudo isso ainda vive em um mundo de fantasia. Estivemos juntos no Holocausto, na Bíblia... Vejam vocês!".

E aqui ele exibe os dentes num riso amplo e exuberante, que não convence ninguém. E ao mesmo tempo ele olha para mim com espanto, como se suspeitasse por um momento que eu tenho algo a ver com isso, com essa mulher minúscula que apareceu aqui. Eu balanço a cabeça, pedindo desculpas. Desculpas por quê? Na verdade não a conheço. E nunca estive com ele no bairro dele, e toda vez que eu me oferecia para acompanhá-lo até em casa ele recusava, se esquivava, inventava pretextos, histórias complicadas e tortuosas.

"E entendam, isso acontecia comigo o tempo todo!" Agora está quase berrando. "Até os animais em Romema tiravam sarro de mim. Sério, havia um gato preto que cuspia toda vez que eu passava por ele, conta pra eles, docinho…"

"Não, não…" Enquanto ele fala com o público, as perninhas curtas dela se agitam por baixo da mesa, como se alguém a estrangulasse e ela precisasse desesperadamente de ar. "Você era um menino dos mais…"

"Não é verdade que brincávamos de médico e enfermeira, e eu era a enfermeira?"

"Está tudo errado!", ela grita, desce com esforço da cadeira e fica de pé. Difícil acreditar em como é pequena. "Por que você está fazendo isso? Você era um bom menino!"

Silêncio no salão.

"O que é isso?", ele ri, e uma de suas faces de repente está ardendo como se tivesse recebido um tapa ainda mais doloroso do que aqueles de antes. "Você me chamou de quê?"

Ela sobe em sua cadeira e torna a sentar, mergulhada em si mesma, sombria.

"Você sabe, Polegarzinha, que eu posso processar você por caluniar minha fama de mau?" Bate com as mãos nas coxas e ri. Ele sabe fazer rolar a risada das profundezas de sua barriga, mas quase toda a plateia se recusa a rolar com ele.

Ela inclina a cabeça. Por baixo da mesa, mexe os dedos

das mãos em movimentos pequenos e precisos. Os dedos vão de encontro uns aos outros, se sobrepõem uns aos outros, se entrelaçam. Uma dança secreta, com suas próprias regras.

Silêncio profundo. Em um instante o espetáculo se encrespou. No palco, ele tira os óculos e esfrega os olhos com força, suspirando consigo mesmo. Pessoas na plateia desviam os olhos. Uma obscura sensação de desconforto se espalha no salão, como se os boatos de algo muito errado começassem a circular.

Ele, é claro, percebe que a noite está escapando e logo faz um slalom interior. Arregala os olhos e assume uma expressão alegre: "Vocês são um público incrível, único!", ele grita, e torna a se agitar e saltitar com suas ridículas botas de vaqueiro. "Meus irmãos e minhas irmãs, vocês são adoráveis, cada um de vocês", mas o desconforto que ele tenta mascarar estende suas asas pelo pequeno salão. "Não é fácil!", ele grita e abre os braços num abraço amplo e vazio. "Não é fácil chegar aos cinquenta e sete anos, e ainda por cima depois que sobrevivi, como ouvimos aqui, ao Holocausto *e* à Bíblia!"

A mulher se encolhe toda, a cabeça profundamente enterrada entre os ombros, e ele eleva a voz ainda mais, tentando fazer dissipar o silêncio dela.

"E o que é melhor nesta idade é que daqui já dá para ver com clareza os dizeres na lápide: 'Aqui vivem felizes Dovale e os vermes'... E aí, galera!?", ele troveja. "Que bom que vocês vieram, que loucura vai ser esta noite! Vocês vieram de todos os cantos do país, vejo aqui gente de Jerusalém, de Beer-Sheva, de Rosh-Ha'ain..."

Vozes nos cantos do salão gritam: "De Ariel! De Efrat!". Ele se espanta. "Um momento, e quem ficou para dar uma surra nos árabes? Brincadeira! Estou brincando com vocês, já vão ser indenizados! Peguem vinte milhões de dólares para comprar pufes e chicletes para um centro cultural em homenagem ao santo Baruch Goldstein, que Deus vingue seu sangue derramado. Não é suficiente? Não tem problema! Peguem mais um *dunam* e mais uma cabra, peguem todo o fato, peguem toda a criação de ovinos, peguem o país inteiro e a puta que o pariu! Ah, isso vocês já pegaram."

As palmas que o acompanhavam vão se extinguindo. Alguns jovens num canto, aparentemente soldados de licença, batem com força na mesa.

"Ei, chefe! Ioav, minha alma! Olhem a cara dele. Por que você está assustado? Juro que não vai ter mais falatório como este, acabou, eu te disse, eu prometi. Dei minha palavra, eu sei, escapou sem querer. Não existe política, não existe ocupação, não existem palestinos, não existe mundo, não existe realidade, não existem dois colonos a caminho da casbá de Hebron. Vamos, Ioav, só mais uma, a última..."

Acho que sei o que ele está fazendo e do que precisa agora desesperadamente, mas Ioav balança a cabeça categórico, e o público também não quer saber de política. O ar se enche novamente de assobios e batidas nas mesas e de gritos que exigem que ele volte ao stand-up. "Um minuto, galera", ele implora, "vocês vão gostar disso, vão adorar, eu garanto, prestem atenção. Ao lado dos dois colonos na casbá caminha um árabe. Vamos chamá-lo Arabush." Os gritos e o barulho vão diminuindo, aqui e ali alguns sorrisos. "De repente um alto-falante do Exército anuncia que em cinco minutos vai começar o toque de recolher para os árabes. Um colono tira do ombro o seu fuzil e enfia uma bala na testa do árabe. O outro fica um tanto admirado: 'Porra, meu santo irmão, por que você fez isso?'. Então o santo irmão olha para ele: 'Eu sei onde ele mora, ele nunca chegaria em casa a tempo'."

O público ri, um pouco constrangido. Alguns divergem, com ruidosas vaias, e uma mulher grita: "Vergonha!". O gerente até solta uma gargalhada, numa voz incrivelmente esganiçada, o que provoca um riso mais relaxado entre o público.

"Está vendo, Ioavus?", ele diz, satisfeito. Parece sentir que seu estratagema deu resultado. "Não aconteceu nada! O mais bonito no humor é que às vezes também dá para rir dele, e se vocês me perguntarem, meus irmãos, este é o maior problema dos esquerdistas: eles não sabem rir. Estou falando sério, vocês já viram um esquerdista rir? Eu garanto a vocês que mil por cento não viram, e mesmo quando está sozinho ele não ri, e em geral é assim que ele está. Por algum motivo para os esquerdistas a situação nunca tem graça nenhuma! Não entendo…" Ele faz rolar de suas entranhas aquele riso, e o público o acompanha. "Vocês já pensaram alguma vez em como seria o mundo sem esquerdistas?" Ele lança um olhar a Ioav e se volta para o público, sentindo que recebeu um crédito a mais, e vai em frente: "Apenas imaginem que maravilha isso seria, querida Netanya. Fechem os olhos por um minuto, imaginem um mundo onde vocês podem fazer tudo, tudo que quiserem, e ninguém lhes daria um cartão amarelo por isso. Não tem cartão amarelo! Nem vermelho! Nenhuma cara azeda na TV, nenhum artigo corrosivo no jornal! Sem ter esses cinquenta anos que nos martelam na cabeça de manhã até a noite ocupação, ocupação, sem esses que esqueceram que são judeus!". As pessoas correspondem e ele se deixa envolver pelo calor que se eleva de lá, o tempo todo evitando olhar para a pequena mulher. "Deu na telha de vocês impor um toque de recolher a uma pequena aldeia palestina durante uma semana? *Bam*, temos um toque de recolher! Dia após dia, quantos vocês quiserem…" Mais um olhar para o gerente: "Fazer piada com esquerdistas não é considerado política, não é verdade, Ioavus? É apenas reconhecer os fatos. Onde estávamos? Deu na telha ver árabes dançando num posto de controle? *Bam!* Uma palavra e eles dançam, cantam, tiram a roupa. Que *joie de vivre* tem esse povo exótico! E como eles se abrem graças ao ambiente especial que há nos postos de controle! E como gostam de cantar nosso hino em coro: '*Kohol od bale-vav, pehenihima!*'. E como eles entram em contato com seu lado feminino: 'Soldados aqui, ali tem soldados, soldados me fodem de todos os lados!'". Ele começa a mover o corpo com leveza, meneando os quadris ao ritmo de sua fala e batendo palmas devagar: "Soldados aqui, ali tem soldados, soldados me fodem de todos os lados!". O movimento do seu corpo ondula no jarro de cobre. Alguns homens se juntam a ele, que conduz a cantoria com uma pronúncia árabe carregada. Os soldados são os mais ruidosos. Agora três ou quatro mulheres se unem ao coro, aos gritos, abafando certas palavras, mas batendo palmas com entusiasmo. Uma delas começa a ulular. Mas toda essa cantoria não é o que parece, de maneira alguma! Parece que o homem está zombando do público, brincando com ele, e no instante seguinte acontece o contrário, parece que é o público que o arrasta maliciosamente para uma armadilha, e esse jogo faz com que artista e público sejam cúmplices em alguma transgressão elusiva, fluida, e agora ele divide as vozes entre homens e mulheres, as rege com entusiasmo e finge derramar lágrimas de emoção. Quase todo o salão canta com ele, e como regente desse coro — que eu suspeito ter sido conduzido exatamente para essa nebulosa percepção de parceria que nos toca as entranhas e fica atiçando uma espécie de prazer pegajoso e conflituoso, ao mesmo tempo doentio e atraente — captura com um gesto a voz de todos, há um momento de silêncio, uma pausa musical, em que quase consigo perceber ele contando o tempo, um, dois, três, quatro, para irromper de novo: "Vocês querem ficar tapando poços pela manhã, meus amigos? E se a fada madrinha emprestasse por uma semana a varinha de condão a vocês? Melhor, por cinquenta anos!? Que tal uma operação de represália? Prisão administrativa por toda a vida? Escudos humanos?". O público se junta a ele em palmas lentas e ritmadas e em batidas sonoras nas tábuas do palco, que ecoam pesadamente pelo salão. "Vocês querem jogar Banco Imobiliário da expropriação? Buraco com toque de recolher? Xadrez com postos de controle? Ou talvez prefiram brincar de pega-pega com escudo humano? Siga o mestre que corta a eletricidade? Estradas estéreis? Mije-sobre-a-mercadoria-Ahmed-para-mantê-la-fresca?" De palavra em palavra ele vai se excitando, suas feições ficam mais destacadas, como se as delineasse com uma caneta. "Pode-se fazer tudo!", ele grita. "Tudo é permitido! Brinquem, meus queridos, brinquem, brinquem com sonhos! Lembrem-se apenas, benzinhos, que a varinha não é para sempre, ela tem um probleminha no sistema!" Ele vira os olhos com raiva e bate os pés como uma criança mimada. "Ela tem um *bug* filho da puta, isso vocês já entenderam, não é mesmo? Porque acontece", e ele se inclina para o público perto do palco e leva a mão à boca, como se fosse sussurrar um segredo, "que a fada madrinha é na verdade muito dada a chiliques, coisa de fada, e depois tudo fica ao contrário, depois de nos divertirmos seremos nós — *surprise!* — que vamos cantar o hino deles nos postos de controle, *"Biladi biladi"*. Os palestinos terão seus hinos e nós cantaremos seus slogans: '*Chaibar chaibar, ia iahud, gueish Muhamed saiahud*'! Venham, cantem comigo, meus passarinhos! Vocês são livres! *Chaibar chaibar, ia iahud...*" Dessa vez o público não participa, bate nas mesas, vaia — ninguém ali é idiota. Um rapaz alto de cabeça raspada, talvez um soldado de licença, assobia tão freneticamente que quase cai para trás com a cadeira.

"Têm razão! Têm razão!", ele ergue os braços, rendido, e ri com afeto e comiseração. "E, afinal, por que se preocupar com isso? Ainda vai levar muito tempo para que aconteça, e Ioav tem cem por cento de razão, sem política! De qualquer maneira, só vai acontecer na época dos nossos filhos, problema deles! Quem mandou eles ficarem aqui comendo nossa merda? Então por que se irritar agora e brigar, e discutir, e guerrear entre irmãos? Por que pensar nisso? Por que pensar no que quer que seja? *Uma salva de palmas para o não pensar!*", ele proclama, e veias esverdeadas saltam em seu pescoço. "Ei, Ioavus!", ele grita. "Por que você ilumina aqui para vermos o que está acontecendo? Dê-nos luz! Luz no salão inteiro... Pois é, meus doces, que bom que vocês vieram, mesmo! Estou vendo que os ingressos para ver o stand-up da Adi Ashkenazi já tinham esgotado, não? Digam, vocês não estão com calor? Como não? Eu estou derretendo aqui." Ele cheira a axila, enche os pulmões. "Ahhh! Onde estão os vendedores de almíscar quando precisamos deles? Aumenta esse ar condicionado, homem! Pode gastar um pouco mais com a gente, o que é que tem? É por minha conta! Onde estávamos?"

Ele está agitado e desfocado. Toda essa tempestade entusiasmada pelo visto não o está ajudando a superar o que a pequena mulher lhe causou. Percebo isso. E o público também.

"O que estávamos dizendo? Do *bug* filho da puta, *"Biladi biladi"*, nossos filhos fodidos... Peço à estenógrafa que repita as últimas frases..." Ele anda em zigue-zague pelo palco, lança um olhar perturbado para a pequena mulher sentada de cabeça baixa. Agora o rosto dele fica tenso num sorriso venenoso. Começo a reconhecer essa cara. É como um lampejo de violência interior. Ou talvez uma violência exterior há muito escondida.

"Um menino legal, então? *Um bom menino...*", ele balbucia para si mesmo, e seu rosto se contrai, como se apertassem o coração. "Que loucura isso! Tirei a sorte grande de ter uma necromante no meu aniversário? O que vocês combinaram, Netanya? Só uma garrafa de Don Perignon não estaria bom? Vocês querem ser originais? Quero dizer, artistas do meu nível no mundo, no aniversário, ganham uma gostosa nua dentro de um bolo. Essa aí no máximo vai saltar de uma rosquinha! Brincadeira, não me faz essa cara, bonequinha, todos estão rindo, não chore, não... não, benzinho..."

Ela não está chorando. Seu rosto está contraído de dor, mas ela não chora. Ele fica olhando para ela, e sem perceber reflete a expressão dela. Ele vai até a poltrona e se senta. Parece exaurido, acabado. No salão, alguém diz "Acelera!", e um homem magro de moletom azul grita: "O que está acontecendo? Você quer fazer terapia em grupo, é isso?". Muitas pessoas riem. O público parece começar a despertar de um sonho estranho. Uma mulher sentada numa mesa junto ao bar grita: "Você não quer um pouco de leite?", e seus amigos a aplaudem, de algumas mesas ouvem-se risadas e gritos de incentivo. O homem levanta um dedo, tateia atrás da poltrona e tira de lá uma grande garrafa térmica vermelha. Algumas pessoas já estão gargalhando, e eu tento entender essas pessoas que vêm a essas apresentações duas, três, quatro vezes: o que ele oferece para elas?

Tão amargo, o que é que ele tem para dar?

Talvez tenha sido bom eu ter ficado, penso com um estranho entusiasmo. Apesar de tudo, foi bom eu ter ficado para assistir a isso.

Ele levanta a garrafa térmica. Nela está escrito em grandes letras negras: MILK. O público ovaciona. Ele lentamente abre a tampa, bebe um pouco e lambe os beiços com prazer. "Ah", ele sorri, "o gosto de antigamente, como dizia a puta depois de chupar o velho." Bebe de novo, mais rápido, seu pomo de adão subindo e descendo. Depois ele põe a garrafa no chão entre as pernas e continua sentado na poltrona. Olha demoradamente para a pequena mulher e balança a cabeça com espanto.

E então, inclina-se para a frente com toda a parte superior do corpo, a cabeça nos joelhos e os braços pendem ao longo das pernas. Não se nota nem mesmo a sua respiração.

O salão está de novo em silêncio, o ar fica mais denso de

repente. A ideia de que ele talvez não se levante mais da poltrona passa, acho, que por todos na plateia. Como se cada um de nós sentisse que em algum lugar, em alguma instância distante e caprichosa, uma moeda foi jogada para o alto e pode cair dando cara ou coroa.

Eu me pergunto como ele conseguiu alcançar isso. Como, em tão pouco tempo, ele conseguiu transformar o público, e de certa forma até mesmo a mim, em habitantes da sua alma? Em reféns dela?

Ele não tem pressa para sair daquela posição estranha. Ao contrário, afunda-se cada vez mais. A trança rala está agora sobre a nuca, e desse ângulo — o corpo todo inclinado para a frente — parece incrivelmente pequena e antiga, muito mais velha do que ele, como se tivesse sido encolhida.

Olho com cuidado à minha volta, para não romper nada. A maioria das pessoas está na ponta da cadeira, olhando fixamente para ele. Um dos jovens motociclistas lambe devagar o lábio inferior. É praticamente o único movimento que vejo.

Quando ele finalmente puxa o corpo das profundezas da poltrona e se levanta e se empertiga e olha para nós, há algo novo em seu rosto.

"Um momento, esperem, silêncio!", ele diz. "Para tudo, vamos começar tudo de novo, a noite inteira do começo! Está tudo errado! Apaguem, esqueçam! E não é porque vocês não entendam — vocês são incríveis. Não são vocês, sou eu. Eu não entendi a oportunidade que me ofereceram. Meu Deus!" Ele segura a cabeça com as mãos. "Vocês não vão acreditar no que vai acontecer aqui esta noite, Netanya! Ó Netanya, cidade dos diamantes, vocês são um público de sorte! Esta noite vocês vão presenciar um milagre!" Ele fala para a plateia, mas seus olhos estão voltados para mim, tentando me dizer alguma coisa urgente, algo complicado demais para ser dito pelo olhar. "Pois euzi-

63

nho aqui resolvi, após profunda discussão com o Gato Negro que o dono da casa mistura com água da torneira — bravo, Ioav! —, resolvi... O quê? Resolvi... Estou misturando as palavras. Ah, sim! Resolvi que, como forma de agradecer a vocês por terem vindo para o meu aniversário, apesar de um passarinho ter me sussurrado — aliás, sussurrou porque ele estava rouco, gripe aviária — que vocês não se lembrariam que era hoje..."

Ele está enrolando. Desvia nossa atenção enquanto digere alguma ideia complicada que lhe veio à cabeça, enquanto planeja o próximo passo.

"Mas vocês vieram mesmo assim, e por causa desse gesto, porque vocês vieram em massa comemorar comigo, resolvi espontaneamente dar a vocês uma lembrancinha esta noite, algo que vem do coração. Este sou eu, meu nome é generosidade. Dov Generoso Grinstein, é isso que vai estar escrito no meu túmulo. E logo abaixo: 'Aqui jaz um grande potencial'. E depois: 'Vendo Subaru 98, em boas condições'. Mas, cá entre nós, o que eu tenho para dar a vocês? Dinheiro, como já dissemos, eu não tenho. Tenho só a camisa do corpo, e ela está tão gasta... Tenho cinco filhos, mas não tenho nenhum deles, já que minha maior conquista na vida é ter conseguido fazer uma família grande e unida — contra mim. Em resumo, Netanya, vocês entenderam, nada tenho nada. Mas apesar disso vou dar a vocês algo que ainda não dei a ninguém, uma coisa novinha em folha! Uma história da minha vida. São as mais valiosas! Está vindo, está vindo... O que foi, mesa seis? Assustou-se com o quê, meu senhor? É só uma história, você não vai precisar usar demais suas circunvoluções cerebrais, nem vai sentir que tem alguma. São só palavras. Vão entrar por um ouvido e sair pelo outro."

E ele olha de novo para mim. Seus olhos me queimam, assustados e suplicantes.

"Quero que você venha me ver", ele disse no telefone aquela noite, depois de eu pedir desculpas por tê-lo ofendido. "Você só terá de ficar lá por uma hora e meia, no máximo duas horas, dependendo de como se encaminhar a noite. Vamos reservar uma mesa lateral para você, para que não te perturbem. Bebida, comida, se quiser um táxi, tudo por minha conta, e eu pago o que você quiser pelo trabalho."

"Um momento, ainda não entendi que trabalho é esse."

"Eu te disse. Se você quiser, pode me gravar, fotografar, não me importo. O principal é que você venha me ver."

"E depois disso, o quê?"

"Depois disso, se quiser, me ligue e diga o que viu."

"Diga-me uma coisa", eu insisti, "para que você precisa disso?"

Ele pensou, talvez tenha ficado um minuto pensando.

"Para nada. Para mim. Não sei. Ouça, sei que estou te incomodando, mas de repente senti como se… é isso aí. Tá na hora."

"Deixe-me entender", eu ri, "você quer que eu faça uma crítica do show, ou só quer saber, só por saber, como você se apresenta? Porque eu não sou a pessoa indicada para nenhuma dessas duas coisas."

"Não, nada disso, de onde é que você tirou…" Ele ri: "Pode ter certeza de que sei muito bem como eu me apresento".

E ele inspirou profundamente e falou muito depressa, como se estivesse ensaiando há muito tempo: "Eu queria saber, se você aceitar, saber o que uma pessoa como você pensa, Avishai, alguém que tem experiência nisso, quero dizer, que passou a vida toda olhando para as pessoas e as interpretando num segundo."

"Ei", eu interrompi, "você está exagerando."

"Não, não, não estou brincando… Eu sei do que estou falando. Eu acompanhei nos jornais seus julgamentos, citavam as sentenças. O que você dizia sobre os réus e sobre os advogados, tudo que você dizia era como uma faca. Nos últimos tempos você sumiu, mas você teve, com certeza, e eu me lembro, casos importantes que o país inteiro... E acredite, Avishai, meritíssimo, não sei como devo te chamar, tenho um olho para essas coisas. Às vezes era quase como ler um livro."

A ingenuidade dele me divertiu. Mais do que isso. Minhas sentenças, em que eu lapidava e burilava cada frase, e nas quais às vezes — de maneira moderada e sem arrogância — mesclava alguma metáfora ou citação de Pessoa, de Kaváfis ou de Natan Zach, ou até mesmo uma imagem poética que eu mesmo criava... De repente eu me enchi de orgulho pelas minhas sentenças, essas modestas e esquecidas criações minhas.

Uma cena me veio à mente: Tamara, há mais ou menos cinco anos, sentada numa cadeira da cozinha, uma perna dobrada sob o corpo, na mesa uma xícara de água quente com hortelã, batendo nos dentes com um lápis de ponta afiada e me tirando do sério, repassando as páginas que escrevi "com um pente-fino para adjetivos excessivamente sentimentais e comparações agressivas e outros exageros dos quais o meritíssimo já está advertido". (Eu, na sala de estar, ando de um lado para o outro, esperando a sentença dela.)

"Então é isso que você quer de mim?", eu ri, e de repente precisei dar uma respirada. "Uma sentença particular, é o que você quer? Que façamos uma pequena privatização do sistema judiciário? Receber uma visita domiciliar de um juiz? Nada mau..."

"Sentença?", ele se espanta. "Por que sentença?"

"Ah, não é isso? Pensei que você talvez quisesse me contar alguma coisa, e que eu..."

"Mas por que de repente uma sentença?" Uma lufada fria e cortante chegou até mim pelo telefone. Ele engoliu. "Só quero que você venha ao meu show, olhe por um tempo para mim, não mais do que isso, nada mais do que isso, e que depois me diga, sem medo — isso é o mais importante —, duas ou três frases. Como você sabe, não foi à toa que escolhi você…" E riu novamente, mas senti uma pontada de dúvida em sua voz.

Eu sabia que isso não era tudo. Havia alguma coisa escondida, talvez dele mesmo. Fiz mais perguntas, tentei por todos os lados, fui o mais afiado que consegui. Mas não tive nenhum resultado. Ele não conseguiu deixar sua explicação mais clara do que o misterioso pedido de que eu "o visse". A conversa começou a andar em círculos. Senti que a cada minuto ia se esvaindo a esperança dele, ingênua, infantil, de que após quarenta e tantos anos de separação ainda reinasse entre nós a mesma compreensão, profunda e imediata.

"Digamos", ele balbuciou quando eu já começava a formular minha recusa, "digamos que você fique lá sentado me olhando durante uma hora, uma hora e meia, não mais, dependendo de como for a noite, e depois me ligue ou quem sabe mande pelo correio — seria bom receber algo que não seja uma intimação — uma página ou até algumas linhas, que já são suficientes, até mesmo uma frase. Você pode muito bem acabar com uma pessoa em uma frase…"

"Mas de quê? Sobre o quê?"

Ele tornou a rir, envergonhado. "Quero que você me diga o que é essa coisa que eu tenho… Não, deixe pra lá."

"Vamos lá, o quê?"

"Por exemplo, o que as pessoas sentem quando me veem? O que elas percebem quando olham para mim… para isso que sai de mim. Entende?"

Eu disse que não. Minha cachorra olhou para mim, farejando a mentira.

"Bem", ele suspirou. "Vamos deixar você ir dormir. Pelo jeito isso não vai dar certo."

"Espere", eu disse, "continue."

"É só isso", ele disse, "não tenho nada mais..."

E exatamente nesse momento algo nele se rompeu e começou a jorrar: "Digamos que estou andando na rua, passo por alguém que não me conhece, não sabe nada sobre mim. À primeira vista — *bam!* — o que sente? Que impressão tem de mim? Não sei se estou me fazendo entender...".

Eu me levantei. Comecei a andar pela cozinha com o telefone.

"Mas eu já vi você uma vez", eu lembrei a ele.

"Mas há muitos anos", ele disse imediatamente. "Eu não sou eu, você não é você."

Lembrei: seus olhos azuis, um pouco grandes para o rosto, e que, junto com os lábios proeminentes, davam a ele a aparência de um pintinho de feições angulosas. Uma partícula de vida, palpitante.

"Aquilo", ele disse baixinho, "que a pessoa deixa escapar sem controlar? Que talvez só ela no mundo tenha?"

Pensei na irradiação da personalidade, no brilho interior. Ou na escuridão interior. O segredo, o frêmito daquilo que só acontece uma vez. Tudo que se estende além das palavras que descrevem o homem, além do que aconteceu e do que não deu certo, que se entranhou nele. Aquela mesma coisa que anos atrás, quando eu comecei como juiz, muito ingenuamente jurei a mim mesmo que buscaria em qualquer um que estivesse diante de mim, fosse réu ou testemunha. Que eu jamais seria indiferente. Que eu partiria disso para criar meu julgamento.

"Há quase três anos que não sou juiz", eu lhe disse num impulso súbito. "Eu me aposentei há uns três anos.

"Tudo isso? O que aconteceu?"

Por um momento considerei seriamente se contava.

"Me aposentei", eu lhe disse, "aposentadoria antecipada."

"Então, você faz o quê?"

"Pouca coisa. Fico em casa. Trabalho no jardim. Leio."

Ele ficou quieto, e percebi que estava sendo cuidadoso, o que me agradou.

"O que aconteceu", eu disse, para minha surpresa, "é que meus veredito começaram a ficar um pouco rigorosos demais para o sistema."

"Ah", ele respondeu.

"Agressivos", eu ri, "o Supremo os revertia por atacado."

E contei que também tinha explodido algumas vezes com testemunhas mentirosas, e com réus que tinham feito coisas horríveis com suas vítimas, e com os advogados que continuaram a torturar essas vítimas na contrainquirição. "Meu erro", eu continuei, como se conversasse com ele todos os dias, "foi dizer a um advogado muito bem relacionado que ele era a escória da humanidade. Isso na verdade selou meu fim."

"Eu não sabia, não tenho acompanhado nos últimos tempos."

"Em nosso país", eu disse, "esse tipo de coisa se faz em silêncio, e rápido. Três ou quatro meses, e tudo está acabado. Como você pode ver", eu ri, "às vezes as engrenagens da justiça giram depressa."

Nenhuma reação. Fiquei um pouco desapontado por não ter sido capaz de fazer um comediante rir.

"Toda vez que eu via seu nome em algum lugar", ele disse, "eu me lembrava de como a gente era e queria saber como você estava, onde estava, se se lembrava de mim. Eu vi você subir e progredir, e sinceramente sempre fiquei contente com isso."

Minha cachorra deu um suspiro quase humano. É impossível aceitar que a sacrifiquem. Tanta coisa de Tamara — cheiro, voz, toque, aparência — ainda está nesta cadela.

Mais uma vez se instala o silêncio entre nós, mas agora é diferente. Fiquei pensando: O que as pessoas veem em *mim* à primeira vista? Ainda é possível ver aquele que eu era até pouco tempo? Será que o grande amor que conheci deixou em mim alguma marca? Uma pinta nova?

Há muito tempo eu não frequentava essas regiões, e esses pensamentos me deixaram confuso. Começaram a revirar coisas dentro de mim. Ainda tinha a sensação de que estava cometendo um erro, mas para variar talvez fosse um erro bom para mim. Eu disse: "Se eu fizer isso, e ainda não sei se o farei, saiba que não vou ter pena de você".

Ele riu: "Você esqueceu que essa era *minha* condição, não sua".

Eu disse que essa ideia me parecia um pouco como a de alguém que contrata um assassino para matá-lo.

E ele riu novamente: "Eu sabia que você era o cara certo para o trabalho. Mas lembre-se: um tiro, direto no coração".

Eu também ri, e de dentro de mim subiu uma sensação esquecida e tépida daquele nosso tempo. Nos despedimos com uma leveza nova, talvez até o começo de um carinho. E só então, talvez por causa das palavras que dissemos no fim da conversa, fui atingido por um golpe, e me lembrei do que tinha acontecido a ele, e a mim também, em Beer Ora, no treinamento na base militar Gadna, e durante alguns instantes eu fiquei gelado de terror por ter sido capaz de esquecer uma coisa assim.

E por ele não ter me lembrado, nem mesmo com uma palavra.

"Mas vocês vão precisar de paciência, meus irmãos, pois juro por Deus que esta é uma história que ainda não contei em nenhuma apresentação. Nunca contei em nenhum show, nunca contei para ninguém, e esta noite vou fazer isso..."

Quanto mais seu sorriso se alarga mais triste fica seu rosto. Ele olha para mim e dá de ombros, impotente. Parece estar pronto para um salto perigoso, sem nenhuma alternativa senão dá-lo.

"Então, vamos lá! Um material novinho em folha direto do embrulho, ainda nem tenho as palavras na minha boca, o que significa que vocês, senhoras e senhores, esta noite, serão as minhas cobaias! *Amo vocês de paixão, Netanya!*"

Mais uma vez os inevitáveis aplausos e sorrisos. Mais uma vez ele bebe da garrafa térmica, seu pomo de adão saliente sobe e desce, e cada um no salão percebe o desespero que existe naquele entusiasmo, até ele sente isso. O pomo de adão para de se mover. O olhar, por cima da garrafa, se volta para o público. Com um embaraço um tanto surpreendente, até mesmo tocante, ele ergue a voz num grito: "Em resumo, Netanya, este é um projeto que tinha sido abandonado. Estão comigo? Não se assustaram? Muito bem, é preciso que estejam comigo agora, que me abracem como se eu fosse um irmão perdido. Você também, médium! Me surpreendeu esta noite, admito, você veio de um lugar que eu nunca... Onde há muito o homem branco não põe o pé...". Ele ergue a calça, descobrindo o joelho esquelético e calvo, só pele e osso, e olha para a própria perna: "Bom, é a perna de um homem amarelado. Mas que bom que você veio, médium, não sei como você chegou hoje até aqui, mas preste atenção, talvez tenha algum interesse profissional, pois nessa história existe... Como dizer? Um fantasma... Quem sabe você até consegue se comunicar com ele, mas já aviso: só se for a cobrar!".

"Agora sério, esta história não é um caso nada fácil, estou falando. Dá para encarar como um caso de assassinato, só não está claro quem é o assassino, se é que se pode chamar isso de assassinato, e quem é o assassinado."

Ele lança um sorriso zombeteiro: "Meus irmãos e minhas irmãs, escutem essa história, louca e engraçada, do meu primeiro enterro!".

Ele saltita em volta da poltrona enquanto boxeia o vazio, dá um soco no ar e se esquiva com um ágil movimento do corpo, dá mais um soco. *"Flutua como uma borboleta, pica como uma abelha"*, ele cantarola. No público, risinhos, pigarros de relaxamento antes do gozo, e somente eu, mais uma vez, não estou tranquilo. Estou muito inquieto. Cinco passos separam minha mesa da porta de saída.

"O meu primeiro *enteeerro!*", ele diz de novo, dessa vez com o estardalhaço de um apresentador de circo. Uma senhora grandalhona com um cabelo que parece palha, num canto do salão, solta risadinhas num staccato rouco, e ele para e a perfura com seu olhar: "Pelo amor de Deus, Netanya sul! Alguém diz 'enterro' e vocês começam a rir? Esse é o instinto de vocês por aqui?". O público responde com risos, mas ele não sorri. Anda em círculos pelo palco e conversa consigo mesmo, gesticulando com as mãos. "Qual o problema dessa gente? Uma pessoa normal riria de uma coisa dessas? Mas você mesmo viu! Que estouro! Atingiu sete na escala Dovale! Não entendo essas pessoas…"

Ele para, apoia-se no encosto da poltrona. "Eu disse *enterro*, irmãos", e ele volta a perfurar com o olhar a grandalhona. "O que foi que eu pedi, meu bem? Um pouco de solidariedade, um mínimo de compaixão! Você já ouviu essa palavra, Lady Macbeth? *Compaixão!* Estamos falando de morte, minha senhora! *Uma salva de palmas para a morte!*" Ele de repente solta um urro terrível, corre de uma extremidade a outra do palco com os braços para o alto, batendo palmas ritmadas acima da cabeça e incentivando o público a gritar: *"Palmas para a morte!"*. As pessoas soltam risinhos constrangidos. Esse grito soa desafinado, ele próprio soa desafinado enquanto se agita pelo palco e grita a plenos pulmões, e os olhos da plateia, eletrizados, vão se fixando lentamente nele, e eu reconheço esse mecanismo: ele se deixa entrar num frenesi, e assim traz consigo o público, incendiando-o. Não sei dizer como isso funciona, mas funciona. Até eu sinto a energia no ar, no corpo, e digo a mim mesmo que talvez seja simplesmente impossível ficar indiferente a um homem que se funde, diante de nossos olhos, com alguma matéria primitiva dentro de si. Mas isso não explica o grito preso nas minhas entranhas, que fica mais forte a cada instante. Aqui e ali alguns homens já começam a entrar no jogo dele, só homens. Talvez estejam fazendo isso para calá-lo, para cobrir com seus berros os gritos dele, mas logo eles estão gritando junto. Algo se apodera deles, o ritmo, a loucura. *"Palmas para a morte!"*, Dovale grita, suado e ofegante, e suas faces ardem numa vermelhidão doentia: "Vamos botar a casa abaixo!", ele grita, e os jovens, principalmente os soldados de licença, batem palmas e rugem com ele. Ele os incentiva com sorrisos zombeteiros, e os dois motociclistas também gritam com todas as forças, e agora percebo que são um rapaz e uma moça, gêmeos talvez, e com seus rostos angulosos eles parecem dois filhotes de fera, devorando seus passos com os olhos. Junto ao bar, na mesa com os casais, algo também desperta, alguém até dança sobre uma cadeira. Um homem magro e encurvado, de rosto cinzento, agita os braços com entusiasmo gritando *"Palmas para a morte!"*. As três velhinhas bronzeadas ficam loucas, jogam os braços finos para o ar, gritam e riem até chorar, e o próprio Dovale entra em erupção e parece totalmente enlouquecido, sacode os braços e as pernas, e o público é inundado pelo riso, afoga-se. Impossível resistir a essa histeria, e tenho à minha volta sessenta ou setenta pessoas, homens e mulheres, jovens e velhos, cujas bocas estão repletas de balas venenosas que explodem na língua. Começa com um murmúrio constrangido, olhares de lado, e então algo de repente se incendeia, um atrás do outro, e os gritos fazem inchar seus pescoços, e em segundos eles estão no ar, balões de idiotice e de liberdade, livres da gravidade, loucos para encontrar o caminho rumo a única facção que jamais será derrotada: *"Palmas para a morte!"*. E agora já quase todos estão gritando e batendo palmas no mesmo ritmo, e eu também, ao menos por dentro — e por que não mais? Por que não posso mais do que isso? Por que não posso tirar férias de mim mesmo, dessa cara de cianureto que passei a ter nos últimos anos, com olhos sempre acesos por lágrimas contidas? Por que não subir em alguma cadeira e irromper em gritos de *"Palmas para a morte!"*, a morte que conseguiu arrebatar de mim em seis semanas, porra, a única pessoa que amei de verdade, e com uma paixão vital, e com alegria de viver, desde o primeiro momento em que vi seu rosto, teu belo rosto, esse rosto redondo e iluminado, com essa linda testa, inteligente e pura, de raízes de um cabelo forte e denso, que eu, em minha ingenuidade, acreditei que eram um testemunho da força de teu apego, e teu dançante corpo largo e grande e generoso — e não ouse apagar do meu texto um só desses adjetivos — foi um tremendo antídoto para mim, um antídoto para a solteirice seca que me aprisionava, para o "temperamento judicial" que quase mudou meu caráter e para todos os anticorpos que se acumularam em meu sangue durante os anos em que você não tinha chegado ainda, até que você veio, em toda a sua imensidão. Você — ainda sinto uma rejeição física ao dar a essas palavras um sentido final, por escrito, mesmo que seja num guardanapo — que era quinze anos mais moça que eu, e agora dezoito anos, e a cada dia mais do que isso.

Você que prometeu, quando pediu minha mão, me dirigir sempre olhos benevolentes, olhos de uma testemunha apaixonada, você disse. E nunca me disseram algo tão bonito em toda a minha vida.

"Morte, faça um filho comigo!", ele grita e salta como um gênio livre de sua garrafa, coberto de suor e com as faces ardendo, e o público ecoa uivando e gargalhando, e ele ruge: "Morte, morte, você venceu! Nada te supera! Nos leve com você, deixe a gente fazer parte da maioria!", e eu grito com ele em meu coração despedaçado, e eu juro que me levantaria e gritaria com

ele em voz alta, apesar de me conhecerem aqui, apesar de toda a minha dignidade. Eu me levantaria e gritaria com ele e uivaria como um chacal para a lua, para as estrelas, e para os sabonetes dela que ficaram no chuveiro, e para seus chinelos cor-de-rosa debaixo da cama, e para o espaguete à bolonhesa que fazíamos no jantar — se apenas não estivesse em meu olhar essa anã melancólica que tapa os ouvidos com dois dedos, como se para evitar a lembrança de um crime obscuro, inafiançável.

E eu me recosto na cadeira. Pesado. Subitamente vencido.

E Dovale se curva e apoia as mãos nos joelhos, a boca aberta em seu sorriso de caveira, e o suor pinga de seu rosto. "Basta, basta", ele implora ao público, risonho e ofegante. "Vocês são o máximo, eu juro."

Mas agora, com ele tonto e soluçando de tanto rir, eles começam a perceber a situação, esfriam rapidamente e olham para ele com repulsa, e o salão é tomado pelo silêncio, e fica claro para todos que este homem está indo muito além de seu limite.

E que isso para ele não é uma brincadeira.

Eles afundam em suas cadeiras, tomam fôlego. As garçonetes voltam a circular entre as mesas. A porta da cozinha abre e fecha sem parar. De repente todos estão com sede, todos estão com fome.

Ele está doente. A ideia me vem num estalo. Ele é um homem doente. Talvez até muito doente. Como não percebi? Como não entendi? E ele disse explicitamente: a próstata, o câncer, emitiu tantos outros sinais consistentes, e eu ainda suspeitava de que era apenas mais uma de suas piadas de mau gosto, ou uma maneira de conquistar nossa simpatia, ou talvez alguma colaboração para nosso juízo artístico, sem falar da "sentença" que ele me pediu. Pois ele é capaz de tudo, eu disse a mim mesmo. E pensei (se é que pensei) que ainda que haja alguma verdade no que ele diz, ainda que tenha estado doente e se curou, seu estado de saúde agora não pode ser sério, ou ele não faria apresentações, não estaria ali de pé fazendo todo esse esforço físico e mental, não é verdade?

Como posso entender isso? Como entender que eu — com vinte e cinco anos de experiência em observação, atento a todo e qualquer sinal — fui tão cego à situação dele e tão autocentrado? Como essas falas histéricas e piadas nervosas tiveram em mim o mesmo efeito que lampejos de luz têm num epilético? Como pude ficar me voltando para mim mesmo, para minha própria vida?

E como pode ser que ele, nessa situação, fez por mim o que, afinal, não fizeram todos os livros que li, e todos os filmes a que assisti e todas as palavras de amigos e parentes nestes três anos?

Durante quase toda a primeira hora do show percebi nele a doença — o rosto cadavérico, a terrível magreza — e continuei a negá-la, mesmo quando outra região do meu cérebro sabia que era um fato consumado. E continuei a ignorá-la até quando senti em mim essa dor que eu conheço tão bem, de que esse homem que se agita e saltita diante de mim sem parar, esse homem em breve não existirá mais.

Ser!, ele gritou há pouco, com um sorriso astuto: "Que ideia espantosa, isso de ser. Que ideia subversiva".

"Meu primeiro enterro..." ele ri e estende seus braços finos. "Vocês conhecem a história dos sujeitos que acabaram de morrer e chegam à triagem do céu, e são selecionados para o paraíso ou para Netany... quer dizer, para o inferno? Não, falando sério, não é verdade que este é o maior medo: de que no fim a gente descubra que os rabinos têm razão? Que existe de verdade um lugar como o inferno?" O público ri, mas soa falso. As pessoas baixam os olhos, é difícil olhar para ele.

"Não, queridos, prestem atenção! Estou falando para vocês de um inferno com direito a tudo, à coisa toda, com fogo, demônios, forcados, e roda da tortura e piche fervendo e todos os gadgets do Diabo... Eu não durmo há meses só de pensar nisso, juro! E à noite é muito pior, esses pensamentos me dominam, e eu sei muito bem o que vocês estão pensando agora: 'Por que fomos comer aqueles camarões naquela viagem a Paris? E as *pitas* de Abu-Gosh durante o Pessach? E por que não votamos no partido mais religioso, Achdut HaTorá?'" Ele engrossa a voz e ecoa: "*Tarde demais, otários! Direto para o piche!*"

O público ri.

"Bom, falávamos do meu primeiro enterro. Quando vocês riem disso, seus merdas, gente sem coração, vocês são mais frios que asquenazes no inverno. Eu estou contando para vocês de um menino que mal tinha catorze anos. Dubik, Dovale, o menino dos olhos da mamãe. Olhem para mim agora! Sou exatamente o mesmo, se tirar a careca, os pelos e o ódio aos homens."

E quase involuntariamente ele lança um olhar sobre a minúscula mulher em busca de uma confirmação ou de uma negativa. Não consigo decidir de qual das duas alternativas ele gostaria mais. Noto que esta é a primeira vez que ele não se vira primeiro para mim, buscando minha opinião.

Ela se recusa a olhar para ele. Desvia o olhar. E, como todas as vezes que ele se diminui, ela balança a cabeça, e seus lábios balbuciam junto com ele. Da minha mesa parece que é como se ela contestasse cada palavra dele com uma palavra contrária dela. E agora ele está considerando se deve se lançar sobre ela novamente. Sinto que há alguma coisa nela que o irrita. Suas glândulas salivares já estão secretando veneno...

E ele a deixa em paz.

Por uma fração de segundo, um garoto claro e ágil e risonho planta bananeira numa estrada de terra atrás do condomínio. Ele cruza com uma menina menor que o normal num vestido quadriculado. E tenta fazê-la rir.

"E aquele Dovale, que Deus o tenha, tão pequeno, do tamanho de um amendoim — aliás, saibam que aos catorze anos eu tinha exatamente a mesma altura que tenho hoje, *e não vou crescer mais!*" E ele solta aquele riso zombeteiro que eu já consigo adivinhar quando vai irromper. "E com certeza vocês podem ver, amigos, que no aspecto verticalidade" — ele passa as mãos lentamente pelo corpo, da cabeça aos joelhos — "não fui muito bem-sucedido, ao contrário da fissão do átomo e da descoberta da partícula de Deus, onde me destaquei bastante, como se sabe." Seus olhos ficam enevoados, e ele alisa com ternura suas partes íntimas: "Ah, a partícula de Deus... Agora sério, em nossa família, por parte de pai, entendam, tem esse fenômeno que os homens chegam ao tamanho máximo mais ou menos na idade do bar mitsvá, e pronto, *stop*! Param aí para o resto da vida! Isso está documentado, e que eu saiba até Mengele fez pesquisas com a gente — quero dizer, com partes da gente, principalmente os ossos da perna e do braço. Despertamos o interesse desse homem sensível e introspectivo. Pelo menos vinte caras da família do papai passaram por seu laboratório, e todos, sem exceção, descobriram com a generosa ajuda dele que o céu é o limite! Apenas meu pai", ele lampeja um sorriso brilhante, "meu pai, esse bastardo, escapou de Mengele numa boa, pois emigrou para cá antes de todo mundo um minuto antes daquela coisa toda começar por lá. Mas minha mãe acabou tropeçando nele, no doutor, e toda a família dela também passou por ele, então, na verdade, podemos dizer que ele foi de certa forma um pouco o médico da nossa família, não? Não é mesmo?" Ele pestaneja inocentemente para o público, que vai ficando cada vez mais tenso: "E imaginem só que o homem era muito ocupado, com pessoas de toda a Europa se amontoando em trens para vê-lo, e ainda assim ele achava tempo para se encontrar com a gente pessoalmente. A única coisa é que não admitia uma segunda opinião. Só valia a dele! E numa consulta muito curta: direita, esquerda, esquerda, esquerda, esquerda...".

Talvez umas quinze vezes ou mais ele sacudiu a cabeça para a esquerda, como um ponteiro de relógio enguiçado. O público resmunga, em protesto. As pessoas se mexem em seus assentos, trocam olhares. Mas também há algumas risadas hesitantes, principalmente entre os jovens. O par de motociclistas são os únicos que se permitem rir alto. Os piercings no nariz e nos lábios deles brilham de repente. A mulher na mesa a meu lado olha, levanta-se e sai do salão com um longo suspiro. Olhares a acompanham. Seu marido continua sentado, desnorteado, mas depois de um instante se apressa em segui-la.

Dovale vai até um pequeno quadro-negro que repousa no fundo do palco, que eu não havia reparado até agora. Ele pega um giz vermelho e faz uma linha na vertical, depois mais uma, curta e inclinada. Na plateia, risinhos e sussurros.

"Imaginem um Dovale assim: um pouco abobalhado, uma cara que pede por um tapa, óculos grossos *deste* tamanho, calças curtas com cinto na altura do mamilo — meu pai sempre me comprava calças quatro números maiores, ele ainda tinha grandes expectativas em mim. E agora virem tudo isso de cabeça para baixo, andando com as mãos. Hã? Estão vendo? Captaram o truque?" Ele para por um instante, pondera, e então se joga no chão, as mãos estendidas para o assoalho de madeira. A metade inferior de seu corpo cambaleia, tentando se elevar no ar. Suas pernas se debatem um pouco, ele cai e fica deitado de lado, a face nas tábuas do chão.

"Eu ia a toda parte assim. No caminho para a escola, com a pasta pendurada na frente, e dentro de casa, indo e vindo do quarto para a cozinha mil vezes, até meu pai voltar. E no bairro, entre as casas, descendo e subindo escadas com a maior facilidade, caindo, levantando, subindo de novo nas mãos", ele continua a narrar. Me incomoda vê-lo assim, estirado no chão sem se mexer. Só a boca está viva, movendo-se. "Não sei como comecei com isso... Na verdade eu sei! Uma vez fiz uma apresentação para minha mãe, foi lá que começou. Eu sempre fazia esquetes para ela à noite, antes que o Fígaro voltasse para casa e a gente precisasse ser decente. Um dia, coloquei as mãos no chão, joguei as pernas para cima, caí algumas vezes e minha mãe aplaudiu, pensando que eu queria que ela risse. Talvez fosse isso mesmo, toda a vida eu tentei fazê-la rir." Ele se cala. Fecha os olhos. De repente ele se torna um corpo. Sem vida. Tenho a impressão de ouvir um murmúrio pelo salão, desesperançado: O que está havendo aqui?

Ele se levanta. Recolhe tranquilamente seu corpo do chão: braço, perna, cabeça, mão, traseiro, como se juntasse peças de roupa espalhadas. No público perpassa um riso silencioso, como eu ainda não tinha ouvido esta noite. Um suave riso de espanto com a precisão, a finura, o conhecimento do ator.

"Vi que minha mãe se divertia. Joguei outra vez as pernas para cima, balancei, caí, joguei as pernas de novo. Ela riu, riu de verdade. E tentei outra vez, e outra, até que achei o ponto certo e acertei a posição da cabeça. E tudo ficou tranquilo, eu estava feliz. Tudo que eu ouvia era o sangue nas minhas orelhas, e o resto era silêncio, silêncio, e senti que havia encontrado um cantinho no mundo onde não havia mais ninguém além de mim."

Ele ri envergonhado, e eu me lembro do que ele me pediu: que enxergasse nele essa coisa que escapa sem que se controle. Que uma única pessoa no mundo possui.

"Mais?", ele pergunta, um pouco constrangido.

"Que tal mais umas piadas, ruivo?", grita alguém. Um homem brada: "Viemos aqui para ouvir piadas!". E uma mulher reage: "Vocês não estão vendo que hoje *ele* é a piada?".

Ela arrebata uma avalanche de risadas.

"E eu não tinha nenhum problema de equilíbrio", ele continua, mas percebo que ele ficou ressentido, seus lábios estão pálidos. "Pelo contrário, pois em cima das pernas eu sempre tremia um pouco, quase caía, e estava sempre com medo. Havia uma tradição bonita no meu bairro: bater no Dovale. Nada sério, um tapa aqui, um chute ali, um soquinho na barriga. Tudo sem maldade, sabe? Era só uma coisa técnica, como carimbar um ingresso. *Você já espancou o Dovale hoje?*"

Lança um olhar penetrante para a mulher que zombou dele. O público ri muito. Eu não. Já vi isso acontecer em Beer Ora, no treinamento em Gadna, durante quatro dias.

"Mas quando plantava bananeira, sabe?, ninguém bate num menino que anda de cabeça para baixo. Fato! Porque, se você quer dar um tapa num menino de cabeça para baixo, como vai achar o rosto? Quero dizer, você não vai se curvar até embaixo só para dar uma bofetada, né? Ou, por exemplo, como é que você vai dar um chute nele? Onde vai chutar? Onde estão as bolas dele agora? Meio confuso, não? Complicado, não? Talvez até comecem a ter um pouco de medo dele, por que não? Um menino de cabeça para baixo não é brincadeira. Às vezes", ele olha de esguelha para a médium, "até pensam que ele é maluco. *Mãe, mãe, olha um menino andando com as mãos! Cale-se e olhe para o homem cortando os pulsos!* Aiiiiii", ele suspira, "eu era completamente pinel, perguntem a ela se eu não era a piada do bairro", ele aponta com o polegar, sem olhar para a mulher pequena, que o escuta com a cabeça baixa, como se pesasse o que ele diz, palavra por palavra, enquanto balança energicamente a cabeça: Não.

"Isso não é legal", ele fala sozinho em voz alta, "assim não dá! Ela está estragando a minha fluência! Você vai lá, constrói uma história, e vem essa aí…", ele massageia o peito com força. "Vocês prestem atenção em mim, não nela! Eu estava fodido de verdade, não sabia jogar aquele jogo, nenhum jogo. Por que você fica aí balançando a cabeça? Você me conhece melhor do que eu mesmo?" Ele vai se inflamando.

Isso já não é mais parte do espetáculo, algo o tocou profundamente, e o público é arrastado com ele, tenso, e pelo visto está disposto a abrir mão de alguns minutos do que veio aqui buscar. Eu tento superar a paralisia que se apodera mais uma vez de mim, me despertar, preparar-me para o que virá em seguida. Não tenho dúvida do que virá.

"Por exemplo, imagina que um dia alguém diz ao meu pai que eu estou fazendo isso e aquilo e me apoiando nas mãos. Alguém me viu andando assim na rua atrás da minha mãe. Só um parênteses, era minha função esperá-la às cinco e meia no ponto, quando voltava do turno dela, e acompanhá-la até em casa, cuidando para que ela não se perdesse, não fosse para outros lugares, não se enfiasse em palácios para comer régias refeições. Façam de conta que estão entendendo. Ótimo, Netanya." O público ri, e eu me lembro da "alta funcionária" e dos olhares nervosos que ele lançava ao relógio Doxa em seu pulso fino.

"E tinha um bônus, pois quando eu andava apoiado nas mãos não prestavam atenção *nela*, sabem? Ela podia andar o dia inteiro com o rosto enterrado no chão, um lenço na cabeça e botas de borracha, e de repente ninguém olhava torto para ela como ela achava, e as vizinhas não falavam dela, e os homens não a encaravam por trás da persiana. Todos olhavam só para mim, o tempo todo, e ela passava livre, com o sinal verde, a pista liberada." Ele fala depressa e firme, decidido a frustrar qualquer tentativa de fazê-lo parar, e o público se agita e murmura, reagindo fisicamente a esse cabo de guerra oculto.

"Mas o papi-mão-pesada ouviu dizer que eu ando de cabeça para baixo, e sem pensar duas vezes me dá uma surra junto com aquele discurso de sempre, que sou uma vergonha para o nome dele, que por minha causa riem dele pelas costas, que por minha causa não lhe dão o devido respeito, e se ele ouvir mais uma vez que eu estou andando assim ele vai quebrar minhas mãos, e de lambuja ainda vai me pendurar no lustre com a cabeça para baixo e os pés para cima. Quando ele ficava bravo, o papi, ele ficava poético desse jeito. Mas não vamos desperdiçar o tempo de vocês com isso. O grande lance era combinar poesia com um olhar irado. Garanto que vocês nunca viram uma coisa assim", ele ri, mas a risada não cai bem. "Imaginem bolas de gude pretas, o.k.? Bolas de gude pequenas e pretas, como se fossem de ferro. Tinha alguma coisa errada com esses olhos, muito próximos um do outro, muito redondos. Juro pela minha vida, olhar meio minuto para aqueles olhos era suficiente para se sentir que um animalzinho revirava toda a evolução dentro de você…"

Como a tentativa de humor fracassa, ele ri, projeta seu sorriso visceral e pegajoso, e volta a se agitar pelo palco, tentando novamente gerar energia com seus movimentos. "Vocês com certeza estão se perguntando com sincera preocupação o que eu fiz, o que fez o pequeno Dovale? Comecei de novo a andar sobre os pés, foi o que eu fiz! E eu tinha alternativa? Com meu pai não se brinca, e lá em casa, se vocês ainda não perceberam, o monoteísmo reinava, ninguém a não ser ele! Só havia a vontade dele, e se você ousasse dar um pio o cinto entrava em ação, *plach*!", e ele corta o ar com a mão num golpe, as veias do pescoço saltam e o rosto se contrai num lampejo de horror e ódio. Apenas seus lábios sorriem, ou imitam um sorriso, e por um momento vejo um menininho, o menininho que conheci, e que pelo visto não conheci. A cada instante percebo mais como não o conheci. Que ator, meu Deus! Que ator ele era, já naquela época, e quanto ele se esforçou para fingir ser meu amigo — um menininho espremido entre a parede e a mesa, cujo pai se esbaldava com um cinto.

Ele nunca me disse, nem mesmo insinuou, que o pai batia nele. Ou que na escola batiam nele. Ou que qualquer um fosse capaz de machucá-lo. Pelo contrário: parecia ser um menino alegre e amado, e foi aquele calor aberto e otimista que irradiava dele que me atraiu, com laços mágicos, me tirando da minha própria infância e da casa dos meus pais, onde sempre havia algo frio e obscuro, algo um pouco secreto.

Ele continua a mostrar seu sorriso-técnico, mas a pequenina mulher se encolhe diante do golpe no ar, como se ela apanhasse de cinto. E quando ela solta um leve suspiro, quase inaudível, ele se volta imediatamente para ela, como uma serpente pronta para o bote, e seus olhos estão negros de raiva. Subitamente ela cresce diante dos meus olhos, essa mulher estranha, pequena e obstinada, que luta sozinha pela alma de um menino que conheceu há dezenas de anos e do qual quase não restou nenhuma lembrança.

"O.k., meu pai disse para não andar plantando bananeira, então não ando. Mas então pensei: o que fazer agora? Como eu poderia me salvar? Vocês entendem? Como não morrer de todo esse endireitamento? Como *ser*? É assim que minha cabeça funcionava, eu não estava nunca tranquilo. O.k., ele não quer mais me ver andando assim? Ótimo, vamos andar como ele quer, com as pernas, numa boa, mas vamos andar como as peças de xadrez, sacaram?"

O público fica olhando para ele, tentando entender aonde ele quer chegar.

"Por exemplo", ele ri com uma mímica complicada no rosto, nos forçando a rir com ele, "eu passava o dia inteiro andando só em diagonal, como o bispo. No outro, só em linha reta, como o peão. Outro dia, como o cavalo, um passo para a frente, dois para o lado. E era como se as pessoas que vinham na minha direção estivessem jogando xadrez comigo. Não que elas soubessem disso, como poderiam saber? Mas cada uma tinha uma função, a rua inteira era meu tabuleiro, e o pátio da escola na hora do recreio…"

De novo vejo nós dois caminhando e conversando, e ele me cercando, girando em volta de mim, aparecendo aqui e ali. Vai saber de qual jogo eu estava participando.

"Vamos supor: eu ia andando como um cavalo até meu pai, enquanto ele cortava tecidos no quarto dos jeans — acreditem em mim, existe um universo no qual esta frase faz sentido — e me colocava exatamente em cima da lajota que me permitia defender minha mãe, a rainha. E assim eu me postava entre ela e ele, e dizia baixinho: xeque. Esperava alguns segundos, deixava ele fazer o lance dele, e se não se movia a tempo era xeque-mate. Não era engraçado? Vocês não ririam desse menino se soubessem o que ele tinha na cabeça? Não pensariam que esse doido tinha desperdiçado a própria infância?"

Ele diz essas últimas palavras para a mulher pequena. Ele nem mesmo olha para ela, mas esse tom de voz é para ela, e de repente ela se apruma e grita desesperada: "Chega! Você era o melhor de todos! Você não dizia "anã", não me levava para o depósito. Me chamava de Pitz, e Pitz era bom, você não se lembra?"

"Não." Ele está diante dela, os braços pendentes.

"E na segunda vez em que nos falamos você me trouxe com a boca um recorte de jornal com a foto da Isadora Duncan, e até hoje eu tenho ele no meu quarto, como você não se lembra?

"Não me lembro, senhora", ele balbucia desconcertado.

"Por que você disse 'senhora'?", ela sussurra.

Ele suspira, coça o cabelo ralo em suas têmporas. Certamente percebe que todo o espetáculo está desandando de novo. Ele está apoiado num galho que de repente ficou mais pesado do que a árvore inteira. O público também nota. As pessoas se entreolham e se agitam, inquietas. Entendem cada vez menos que coisa é essa da qual estão participando contra a vontade. Não tenho dúvida de que já teriam se levantado e ido embora há muito tempo, ou até mesmo enxotado Dovale do palco com assobios e gritos, não fosse essa tentação difícil de resistir: a tentação de espiar o inferno dos outros.

"Beleza! Dovale está galopando outra vez!", ele troveja e alarga a boca em seu sorriso falso e sedutor. "Imaginem só nosso pequenino Dovi, com espinhas de todas as cores, quase como fogos de artifício, sem ter mudado a voz ainda, sem ter tocado um peito ainda, a mão esquerda é a única que tem uma musculatura suspeita, pois mesmo novinho já está cheio de desejo..."

Ele continua tagarelando. Um malabarista de palavras. Já faz alguns minutos que sinto um vazio no estômago. Um buraco. Um apetite repentino que preciso aplacar imediatamente. Peço uma porção. Imploro para que apressem o pedido.

"Vocês se lembram dessa idade, né? A adolescência, em que tudo provoca um tesão daqueles? Você está, digamos, numa aula de física e a professora diz: '*Pensem em um movimento curvilíneo*'... Ahhh... e todos os meninos da classe começam a ofegar e a salivar... Ou então, na aula de geometria: '*E agora tracem uma perpendicular bem no centro do círculo*'..." Ele fecha os olhos e mexe a boca como se estivesse chupando e lambendo. O público gargalha, mas a pequena mulher crava os olhos nele, e seu olhar é tão corrosivo que não consigo decidir se a cena é triste ou ridícula.

"Bom, resumindo, minha turma parte para o sul do país, para o acampamento militar Gadna, num lugar chamado Beer Ora, perto de Eilat..."

Aí está. Quase que por acaso. Há duas semanas, desde nossa conversa ao telefone, eu esperava que ele chegasse a esse ponto. Que me arrastasse com ele a esse ponto, a esse abismo.

"Vocês se lembram dos tempos da Gadna? Alguém aí sabe se a Gadna ainda existe? Não? Sim? Não?"

A sensação de vazio de uma longa queda.

Cinco passos entre mim e a porta de saída.

A doçura da vingança da qual serei alvo.

Justiça.

"Aposto com vocês mil dólares que os esquerdistas desmontaram a Gadna, não é mesmo? Não sei, estou chutando, com certeza eles se incomodam que alguém goste disso, instrução militar a crianças, *brrr*! Onde estamos? Em Esparta ou em Israel?"

Ele segue aumentando o calor que existe dentro dele. Eu já sei, eu já conheço. Eu me aprumo na cadeira. Ele não vai me pegar desprevenido.

Ele nos provoca com um sussurro excitante: "Pegamos a estrada! São cinco horas da manhã, ainda está escuro, nossos pais nos deixam meio dormindo em Umschlagplatz — brincadeirinha!", ele golpeia a própria mão. "Não sei como falei isso, deve ser a síndrome de Tourette. Cada um pode levar só uma mochila. Fazem a chamada, põem a gente em caminhões, nos despedimos dos nossos pais, e depois temos dez horas pela frente, em bancos de madeira que arrebentam nossas costas. Um de frente para o outro, para que ninguém erre o alvo ao vomitar, encostando os joelhos nos de alguém — eu fiquei de frente para Shimshon Katsover, não foi nada de mais. Cantando nossas canções idiotas e os hinos do Departamento de Reabilitação. Vocês sabem, aqueles ótimos como 'A *perna dela tem parafuso, e a cabeça, um eixo de aço, de noite na parede ela pendura o braço*'." Na plateia algumas mulheres começam a cantar com entusiasmo, e ele lança para elas um olhar petrificante. "Diga, médium", ele diz, sem olhar para ela, "você talvez possa me pôr em contato comigo naquela idade, não?"

"Não", ela balbucia com a cabeça baixa, "só posso fazer isso no clube da aldeia, e ainda assim só com os mortos."

"Isso até que combina comigo", ele diz. "Por sinal, eu nem

queria ir para esse acampamento, sabem? Eu nunca tinha ficado uma semana longe de casa, nunca tinha me separado deles por tanto tempo. Nunca tinha sido necessário! Naquela época, ninguém viajava para o exterior, com certeza não gente como a gente. O exterior, para nós, era só para extermínio. E também não viajávamos pelo país. Ir aonde? Quem esperaria por nós? Éramos só nós três, pai-mãe-filho, e quando estávamos ali ao lado do caminhão, a verdade é que me deu medo. Não sei, alguma coisa naquela situação não me cheirava bem, como se eu tivesse um sexto sentido, ou talvez fosse medo, não sei, mas não me parecia uma boa ideia deixar meu pai e minha mãe sozinhos um com o outro..."

Ele chegou a Beer Ora com a escola dele e eu com a minha. Não era para estarmos no mesmo acampamento. A escola dele devia ter ido para outra base de treinamento militar Gadna (acho que para Sde Boker), mas o comando tinha outros planos, e nós dois nos vimos em Beer Ora, no mesmo pelotão, na mesma barraca.

"E eu comecei a dizer para o meu pai que não estava me sentindo bem, que ele tinha que me levar para casa, e ele disse: 'Só por cima do meu cadáver', juro que foi o que ele disse! E eu fiquei ainda mais tenso e comecei a apelar para as lágrimas, a dar chiliques...

"Bom, quando penso nisso agora, como parece estranho eu ficar chorando ali na frente de todo mundo. Imaginem: eu tinha quase catorze anos, um *nerd* sem tamanho, e meu pai ficou nervoso com *nosso* chilique, porque minha mãe me viu chorando e começou a chorar também. Era sempre assim, no choro ela sempre se juntava de bom grado. E ele não aguentava ver minha mãe chorando, e logo começava também, era muito sentimental, especialmente com ela, não havia dúvidas disso. Ele realmente amava a minha mãe, o papi, do jeito dele, como se diz, mas amava, reconheço que amava, talvez como um esquilo ou um rato que encontra um lindo pedaço de vidro ou uma bola de gude colorida e não para de olhar para ela..." E ele sorri: "Borboleta, era uma bola de gude assim, a minha mãe... Vocês lembram de umas bolas bonitas assim? Com uma borboleta dentro?".

Alguns homens da plateia lembram, e eu também, e uma mulher esbelta e com o cabelo curto prateado. Todos temos mais ou menos a mesma idade. E começam a gritar nomes de bolas de gude: olho de gato, ágata, bigolhão, leitosa. Dou minha contribuição — quero dizer, desenho no guardanapo — com a bola de gude holandesa, que tinha a imagem de flor dentro. Os jovens no salão zombam de nosso entusiasmo. Dovale fica parado e sorrindo, absorvendo a tepidez desse momento. Com a mão esquerda, de repente, ele faz o movimento de lançar uma bola de gude em minha direção. A suavidade e o calor de seu rosto me confundem.

"Não tem nada igual, eu digo a vocês! Porque a minha mãe, para ele, pelo menos era o que parecia, era como uma dádiva do céu, a coisa mais preciosa que tinham dado para ele guardar, mas também era como se logo tivessem dito: 'Cuidado! É só para guardar, entendeu? Você não vai viver de verdade com ela, não se aproxime demais!'. Como está na Bíblia? A propósito, Netanya, nada supera a Bíblia! Um livro surpreendente! Se eu não fosse tão contido eu diria que é o livro dos livros! Repleto de passagens obscenas! E lá está escrito logo de cara: "E Adão conheceu Eva, sua mulher", não é?". "É", algumas vozes respondem. "Ótimo! Então, senhor Adão, você é mesmo um machão! Mas tenha em mente que lá só está escrito que você *conheceu* a

Eva, não que *compreendeu* ela, né, garotas? Não tenho razão?" As mulheres aplaudem e um bafo acalentador sobe da plateia, paira no ar e o cerca como um halo. Ele pisca para elas. De algum modo ele consegue alcançar todas nessa piscadela, e ainda assim parece que cada uma a recebeu de um jeito diferente.

"Ele não compreendia, meu pai não compreendia essa bela mulher que passava o dia inteiro calada, lendo com a porta fechada, e não pedia nada, não queria nada, e que ele não conseguia impressionar com as suas artimanhas. Por exemplo, ele ter conseguido alugar o depósito atrás da barbearia para uma família de quatro pessoas por duzentos e cinquenta dólares mensais! *Ta-tamm!* E então, vejam só, ele comprou uma caixa de calças de flanela vindas de Marselha num barco de pesca, todas com um pequeno defeito no zíper, e que fizeram nossa casa cheirar mal por dois anos! Aleluia! Ela ficava sentada ao lado dele toda noite na mesa da cozinha, isso durante anos, uma cabeça mais alta que ele, totalmente imóvel", e ele estende os braços como aluno obediente ou um preso que oferece as mãos para as algemas, "e ele abria o caderninho com números espalhados como moscas e todo tipo de codinomes que ele inventava para seus clientes e fornecedores, para os honestos e para os que passaram a perna nele: Faraó, o Simpático de Sosnoviets, Sara Bernhardt, Zisha Braitbart, Goebbels, Rumkovsky, Meir Vilner, Ben-Gurion... E ele ficava animado, vocês precisavam ver, e suava, e ficava vermelho, e o dedo tremia em cima das cifras, e tudo isso era para provar para ela, como se ela estivesse discutindo, como se ela estivesse escutando, que dentro de tantos e tantos anos e tantos e tantos meses ele ia ter dinheiro suficiente para a gente mudar para um apartamento de dois quartos e varanda em Kiriat Moshe."

Ele ergue o olhar para a plateia como se tivesse esquecido por um momento onde estava. Mas logo se encontra, desculpa-se com um sorriso e com um dar de ombros.

"Depois de dez horas de viagem chegamos a um buraco

qualquer no Neguev, ou talvez no Aravá... Algum lugar perto de Eilat. Deixa eu ver, quero tentar ser médium e me comunicar com meu eu-passado, que Deus me tenha..." Ele rola os olhos, joga a cabeça para trás e balbucia: "Estou vendo... montanhas marrons e vermelhas, e deserto, e tendas, e os barracões dos oficiais, e um refeitório, e uma bandeira de Israel rasgada no topo de um mastro, e manchas de diesel, e um gerador quebrado que pifa o tempo todo, e as marmitas de alumínio que a gente ganhava no bar mitsvá e lavava no bebedouro com uma esponja imunda e água fria, e assim toda a gordura continuava lá...".

O público agora está tranquilo. Aquieta as pernas diante de uma imagem conhecida. Ficamos lá quatro dias, Dovale e eu, no mesmo pelotão, a maior parte do tempo na mesma barraca e comendo à mesma mesa, e não trocamos uma única palavra.

"E os instrutores lá na base, esses pseudo-oficiais do Exército, cada um tinha sua própria merda para lidar. Eles pareciam um rascunho de ser humano. Não foram aproveitados no Exército, e por isso foram mandados para ser babás de crianças na Gadna. Um era tão vesgo que não enxergava um metro diante do nariz. Outro tinha pé chato, o outro, hérnia, e tinha ainda um de Cholon. Podem acreditar! Só juntando dez deles para montar uma pessoa normal.

"Diga-me", ele dá um suspiro e se vira para a médium, "assim você está azedando meu leite! Olhe como todos estão rindo, você não vê graça nas minhas piadas?"

"Não."

"Por quê? Minhas piadas não são boas?"

"Suas piadas são ruins." Os olhos estão fixados na mesa, e seus dedos envolvem as alças da bolsa.

"São ruins porque não são engraçadas?", ele pergunta com suavidade. "Ou porque, digamos, elas são do mal?"

Ela não responde. Reflete.

"As duas coisas", diz, finalmente.

"Então minhas piadas não são engraçadas e além de tudo são do mal", ele repete.

Ela pensa por mais um momento.

"Sim."

"Mas stand-up é assim."

"Então não está certo."

Ele olha longamente para ela, divertido: "Então por que você veio?"

"Porque no clube da minha aldeia eles disseram stand-up mas eu entendi caraoquê."

Eles conversam como se não houvesse mais ninguém no salão.

"Então agora você já sabe o que é, pode ir embora."

"Eu quero ficar."

"Mas por quê? Você não está se divertindo. Está sofrendo horrores aqui."

"É verdade", o rosto dela se entristece. Cada sentimento que passa por ela fica estampado em seu rosto. Na verdade, acho que esta noite passei tanto tempo olhando para ela quanto para ele. Só percebo isso agora: meu olho fica o tempo todo indo de um para o outro, avaliando ele pelas reações dela.

"Por favor, vá embora, a partir de agora vai ser difícil para você."

"Eu quero ficar." Quando ela contrai a boca, o círculo exagerado de batom empresta-lhe o aspecto de um palhacinho ofendido. Dovale chupa as bochechas encovadas e seus olhos parecem ficar mais próximos um do outro. "O.k.", ele murmura. "Eu te avisei, querida. Não me venha depois com reclamações."

Ela olha para ele sem entender, e então se encolhe toda.

"*Vamos lá, Netanya!*", ele grita na direção dela. "Depois de dez horas nós chegamos, eles nos colocaram em barracas, barracas grandes, dez, vinte caras em cada uma, ou era menos? Não me lembro, não me lembro, já não me lembro de nada, não apostem um centavo em mim, minha cabeça tem um filtro. Juro, quando meus filhos ainda sabiam que tinham pai e me visitavam, eu dizia para eles: 'Opa! Antes de mais nada ponham uma etiqueta com o nome de vocês!'."

Risadas débeis.

"E lá em Beer Ora ensinam tudo que um rapaz judeu de respeito precisa saber: escalar muros, caso a gente precise fugir de novo de um gueto; se arrastar, caso precise escapar pelo esgoto; e o *pazatstot*, para que os nazistas não entendam o que significa essa palavra e fiquem desorientados. E nos obrigam a pular de uma torre para uma lona, lembram disso? E a andar numa corda como um camaleão, e a marchar dia e noite, e a suar e correr em volta da base num calor infernal, e a atirar cinquenta vezes com um pequeno fuzil tcheco se sentindo o próprio James Bond, e para mim", ele pisca os olhos, coquete, "esses tiros trazem um certo calor materno, pois a minha mãe... eu contei? Não contei? Minha mãe trabalhava na Taas, a indústria bélica israelense em Jerusalém. Ela selecionava as balas, a minha mãezinha querida, seis turnos por semana. Meu pai tinha arranjado isso para ela, com certeza alguém lá devia alguma coisa a ele, pois a aceitaram mesmo com todos os problemas que ela tinha. Não sei o que passou na cabeça do meu pai, o que ele estava pensando... Nove horas por dia, ela com balas de fuzil, *ta-ta-ta-ta-ta!*" Ele empunha uma submetralhadora imaginária e atira para todos os lados, gritando: "Beer Ora, *here I come!* Imaginem os turnos na cozinha! Imaginem panelões gigantescos! E sarna! E todos se coçando como um Jó, e todos com uma baita diarreia, pois o chef — abençoado seja — tinha ganhado uma estrela Michelin por disenteria".

Já faz alguns minutos que ele não me olha nos olhos.

"E à noite tínhamos guloseimas e fogueiras e cantoria e apagávamos o fogo como escoteiros — a única coisa que me deixavam fazer com meu pinto era apagar as brasas — e festa e garotos e garotas e yin e yang e todo mundo dançando *krakoviak*, e eu me divertindo como nunca! Lá eu era o mais engraçado do pelotão, eles riam comigo, brincavam comigo, me jogavam de um lado para outro como se eu fosse uma bola, pois eu era pequeno, uma pluma, e eu era o mais jovem ali, eu tinha pulado uma série, não importa, não que eu fosse inteligente, essas coisas, simplesmente cansaram de mim e me chutaram para cima. E então no acampamento fizeram de mim a mascote do pelotão, e Dovi era tudo que eles queriam. Antes de um exercício ou treino de tiro, cada um deles vinha me dar um pequeno cascudo na cabeça, mas sem maldade, numa boa. Bambino, era assim que me chamavam lá. E pela primeira vez me davam um apelido normal, melhor que Botas e Trapo."

Foi assim que eu o encontrei: cheguei à base e fui para a barraca desfazer minha mala e vi três garotos maiores que eu jogando uma grande mochila militar com um menino dentro, que berrava como um animal. Eu não conhecia os garotos. Era o único de minha escola naquela barraca. Acho que meu professor na Gadna, responsável pela distribuição, imaginou que eu me sentiria igualmente deslocado em qualquer lugar. Lembro que fiquei parado na entrada da barraca sem me mexer. Não conseguia parar de olhar para aquilo. Os três garotos estavam de camiseta e seus braços brilhavam com o suor. O menino dentro da mochila tinha parado de gritar e agora chorava, e eles riam sem dizer uma palavra e o jogavam com força de um para o outro.

Coloquei minha mala sobre uma cama que parecia desocupada, perto da entrada da barraca, e sentei ali, de costas para a cena. Não intervim, mas também não fui capaz de sair dali. De repente ouvi uma pancada e dei um pulo. Pelo visto a mochila tinha escapado de um deles e caiu no chão de cimento. Ela se abriu rapidamente e uma cabeça encaracolada e de cabelos escuros apareceu. Eu o reconheci na hora. Os garotos devem ter visto algo na minha cara, pois ficaram rindo. Dovale seguiu o olhar deles e me encarou. Seu rosto estava molhado de lágrimas. Esse encontro estava além da nossa compreensão, e de certa forma para além dos nossos meios. Não demos nenhum sinal de que nos reconhecíamos. Mesmo como negativos fotográficos um do outro estávamos maravilhosamente sincronizados. O grito dele estava engasgado na minha garganta, ou pelo menos foi o que senti. Ergui a cabeça, desviei os olhos e saí da barraca, acompanhado pelas risadas dos meninos.

"E lá tinha essa coisa de garotos com garotas, e hormônios fresquinhos, ainda na caixa, e espinhas estourando alegremente, e eu era novato nesses assuntos, sabem? Eu ainda estava começando a experimentar comigo mesmo, com revistas e fotos e coisas assim, e para o resto eu estava só na posição de observador, mas, juro!, como eu gostava de observar! Lá comecei a construir toda uma visão de mundo."

Ele sorri, as pessoas sorriem para ele. O que ele está vendendo para eles aqui? O que está vendendo para si mesmo?

Pouco tempo depois do incidente na barraca eu o encontrei no refeitório. Como estávamos na mesma barraca, também comíamos à mesma mesa, ainda que para minha sorte longe um do outro. Enchi meu prato e evitei olhar para qualquer outra coisa, mas não pude deixar de notar que seus colegas derrubaram um saleiro inteiro na sopa dele, e que ele a engolia com uma expressão de satisfação estalando ruidosamente os lábios, fazendo-os rolar de tanto rir. Alguém arrancou o boné da cabeça dele e o jogava de um lado para o outro da mesa, de vez em quando mergulhando num prato, para por fim aterrissar na cabeça dele, pingando. Ele estendeu a língua e lambeu. Às vezes, enquanto ria e fazia caretas, seu olhar passava por mim, indiferente e vazio.

Ao final da refeição enfiaram meia banana na boca dele, e ele começou a coçar a barriga e a soltar urros como um macaco, até que o instrutor do pelotão ordenou que ele sentasse e ficasse quieto.

À noite, quando estávamos todos na cama depois de apagar as luzes, os garotos o obrigaram a contar os sonhos que tinha com uma garota da turma deles, especialmente desenvolvida. Ele contou. Usou palavras que eu não acreditava que ele conhecesse. Aquela era a voz dele, aquela era a fluência dele, aquela era a imaginação fértil dele. Fiquei deitado sem me mexer, quase sem respirar, e tive a certeza de que se ele não estivesse na barraca eles pegariam no meu pé.

Um garoto da mesma turma correu de repente entre as duas fileiras de cama imitando o pai de Dovale, e outro levantou e começou a copiar a mãe. Cobri minha cabeça com o cobertor militar. Os garotos riam, e Dovale ria junto com eles. Sua voz ainda não tinha mudado e soava com um estranho frescor entre as vozes mais graves. Alguém disse: "Se eu andasse pela rua Dizengoff com Grinstein iam pensar que eu estava com uma garota!", e uma grande onda de risadas inundou a barraca.

Depois da segunda noite, implorei a meu professor que me deixasse trocar de lugar. Na terceira noite, eu já estava dormindo em outra cama, em outra barraca, longe da dele, mas ainda sentia os tremores dali. Na quarta noite, fui escalado para fazer a guarda junto com uma garota da minha turma, e parei de pensar em Dovale.

Ele tinha razão: eu o apaguei.

"E à noite o pessoal corria entre as barracas, no escuro, e em toda parte se ouvia *ahhh* e *uhhh* e *tira a sua mão daí, idiota e deixa, vai! e que nojo, o que é essa língua? e põe a mão aqui, só sente e eu não posso mesmo, mesmo hoje e minha mãe vai me matar e porra, como eu tiro isso? e o que é isso que você jorrou em mim? e filha da puta, você fechou o zíper em cima dele...*"

Agora o público responde numa ondas de risadas, que avançam e recuam. Ele ainda evita meus olhos. Eu espero. Estou pronto. Dentro de um ou dois minutos ele vai se virar para mim com um grande sorriso: "Vejam só que coincidência! Como o mundo é pequeno! O meritíssimo juiz Avishai Lazar também estava lá!".

Em minha segunda manhã no acampamento, eu estava na área de treino de tiro quando me mandaram buscar o cantil, que eu tinha esquecido na barraca. Lembro como foi bom estar sozinho, sem o barulho e os gritos e as ordens que preenchiam o espaço, e que alívio foi estar finalmente sem ele, sem a tortura da presença dele. O céu estava limpo e havia em tudo um frescor tranquilizante. (Agora mesmo, enquanto escrevo, volto a sentir o cheiro de água e sabão da limpeza matinal, acumulados nas reentrâncias do chão de cimento da barraca.)

Eu estava sentado na cama. As lonas laterais da barraca estavam levantadas, e eu podia ver o deserto, cuja beleza me impressionava e me confortava desde o momento em que cheguei ali. Esforcei-me para esvaziar a mente.

E nesse momento, talvez porque de repente me senti indefeso, percebi no fundo da garganta um choro que eu nunca tinha experimentado, e senti imediatamente que era um choro de luto, por uma perda terrível, que iria me sacudir em segundos sem que eu pudesse detê-lo.

De repente Dovale entrou na barraca. Ele me viu e ficou imóvel. Depois se aproximou da cama dele com passos inseguros, quase cambaleantes, e vasculhou sua mochila. Eu me lancei sobre a minha, fiquei remexendo com o rosto enterrado ali. O grande pranto secou na mesma hora. Depois de um ou dois minutos sem ouvir nenhum ruído, pensei que ele tinha ido embora e ergui a cabeça. Ele ainda estava de pé ao lado da cama, virado para mim, os braços caídos. Trocamos olhares opacos, sombrios. Seus lábios se moveram, talvez quisesse dizer alguma coisa. Ou talvez tenha tentado sorrir, para que me lembrasse dele, da gente. Eu devo ter reagido com um movimento de advertência, ou de rejeição, ou de asco. Vi seu rosto se contorcer, tremer.

E isso foi tudo. Quando olhei de novo, ele estava se afastando da barraca.

"E então, no terceiro dia", ele grita, "ou talvez no quarto, quem se lembra? Quem consegue se lembrar de qualquer coisa? Ah, minha memória, que Deus a tenha... De todo modo, estamos sentados em círculo no chão, um sol de rachar, e a única sombra é dos urubus esperando que a gente morra. O instrutor vesgo está explicando camuflagem ou algo assim, e de repente uma soldada vem correndo do barracão do comando, é uma sargenta, eu acho, mas ela vem correndo, bam-bam-bam, uma garota pequena mas com um peso considerável, a farda quase rasgando, pernas como corças — cada perna é uma corça, ha-ha —, e num instante ela está no meio do círculo, o instrutor nem teve tempo de gritar "sentido", e ela, ofegando, pergunta: 'Grinstein Dov, ele é deste pelotão?'."

Eu me lembro muito bem dessa hora. Não da soldada em si, mas do grito agudo com que ela chamou o nome dele, um grito que me fez estremecer e me tirou dos meus devaneios. O nome dele saltou sobre mim de maneira tão inesperada que quase morri de susto e disse que era eu.

"E eu, meus irmãos, logo senti que algo não cheirava bem. E toda a turma, meus amigos mais próximos, todos apontaram para mim: 'É ele!'. Como se estivessem dizendo: 'Ele! Leva ele, não eu!'. Isso, sim, é que é amizade", ele ri sem olhar para mim. "Não seria nada divertido passar pela *selektzia* com esse grupo, não acham? E a sargenta diz: 'Venha comigo depressa falar com o comandante'. E eu respondo com aquela voz de *castrato*: 'Mas o que foi que eu fiz, senhora sargenta?'. Meus amigos acham isso muito engraçado: *Mas o que foi que eu fiz, senhora sargenta?*, eles repetem, me imitando. Gritam para ela: 'Taca nele uma queixa por se masturbar, por peidar na barraca'. Eles me deduram com todo tipo de mentira e começam a cantar: 'Borrachinha na cadeia! Bor-ra-chi-nha na ca-dei-a!'. Como vocês podem ver, Borrachinha é outro dos meus apelidos. Por quê? Agradeço o interesse, meus amigos. É porque naquela época eu era ruivinho, cheio de sardas, hoje não tenho mais nenhuma, mas eu era cheio delas — sim, isso mesmo, *alguém jogou merda no ventilador*, muito obrigado pela explicação tão original, mesa dezenove."

Ele gira devagar a cabeça na direção do grito, daquele jeito dele, e crava um par de olhos inexpressivos em alguém. O diretor direciona a luz para quem gritou, um homem de carnes fartas e cabeça raspada vestindo um paletó amarelo. Dovale não desgruda os olhos dele. Suas pálpebras estão semicerradas. O público gargalha.

"Boa noite, Tony Soprano", ele diz, com doçura. "Seja bem-vindo ao nosso humilde lar, que você tenha uma noite cristalina. Entendo que você está trocando de medicamento, e — que sorte a minha! — exatamente esta noite você decidiu dar uma volta para espairecer!" A mulher do homem dá batidinhas nas costas dele, chorando de rir, enquanto ele bufa, afastando aquela mão consoladora. "Não, não, não, meu irmão", diz Dovale, "tranquilo, estamos falando numa boa. Ioav, ofereça ao homem uma dose de vodca por minha conta. Lembre-se apenas de acrescentar dois comprimidos de Rivotril e mais alguns de Ritalina… não, não, você está ótimo, cara! Ao final da noite você vai receber o prêmio Al-Qaeda de inteligência emocional. Irmão, não estou rindo *de* você, estou rindo *com* você. Pense que essa piada do ventilador eu já ouvi umas duzentas vezes. Tinha um cara na nossa turma, acho que vocês iam se dar muito bem, ele era exatamente como você, cuspido e escarrado", e, com a mão sobre a boca, sussurra para nós: "A delicadeza de uma bola de demolição e o encanto de um suporte atlético — brincadeira, pode ficar sentado! É só uma piada! E toda vez que esse menino me via, mas toda vez mesmo, juro, ele perguntava se eu queria uma borracha para apagar as sardas. Daí ficou esse apelido Borrachinha, sacaram? Por acaso ninguém aqui frequentou a mesma escola que eu? Não? Então posso continuar mentindo, certo? Ótimo! Resumindo, eu me levanto, limpo a areia da minha bunda — aliás, é assim que começou a Tempestade no Deserto —, abandono minha turma e vou atrás da soldada, e sei que esse é o fim, o meu fim. Naquele instante tive a sensação de que eu não ia mais voltar. Esse lance acabava agora. Minha infância, quero dizer".

Ele toma um gole da garrafa térmica. É possível sentir no salão pulsações nervosas. A plateia ainda espera para ver qual direção a noite vai tomar. O crédito dele com o público está se esgotando. Eu sinto a reação deles em meu corpo, como uma súbita hipoglicemia. Eu me lembro: um instante antes de ele obedecer à soldada e se levantar, seus olhos me procuraram, suplicantes. Eu evitei esse olhar.

"Fiquei pensando", ele murmura no palco, "sabem como hoje todo mundo odeia o bullying? Pois para mim algumas crianças merecem! Porque se elas não passarem por isso enquanto ainda são jovens, só vai piorar quando estiverem adultas, não é verdade?

"O quê? Estou vendo que não teve graça. Que público mais sofisticado, só gosta do que vem da Europa! Não tem problema, vamos tentar outra coisa, acho que vai ser mais do gosto de vocês. Aí vai uma análise psicológica com um toque de insight emocional. Quando eu era moleque, tinha um método muito científico para saber quem era popular e quem não era. Eu chamo de teste do cadarço. Vou explicar! Vamos supor que um grupo de crianças esteja voltando da escola. Caminham, riem, conversam, gritam. Bom, crianças. Uma delas se abaixa para amarrar o cadarço. Se o grupo para na mesma hora — e eu quero dizer todos, até os que estavam de costas e não viram ela se abaixar —, se todos param na mesma hora e esperam por ela, então essa criança é parte do grupo, está bem, é popular. Mas se ninguém perceber que ela parou, e só no último ano do colégio, tipo na festa de formatura, alguém pergunta: 'Gente, o que aconteceu com aquele garoto que se abaixou para amarrar o cadarço?', então saibam que este sou eu."

A mulher pequenina está sentada na ponta da cadeira, com a boca um pouco aberta e as pernas bem coladas uma na outra. E ele a encara enquanto bebe da garrafa térmica, para depois olhar em meus olhos. É um olhar longo e profundo. Pela primeira vez desde que começou a contar a história, ele me olha nos olhos, e tenho a estranha sensação de que ele tirou uma chama da mulher e passou para mim.

"Resumindo: eu vou atrás da soldada, e penso que ou vou receber um castigo por alguma coisa que eu fiz — mas o que eu poderia ter feito? Eu, o garoto mais esquisito do acampamento, o mais paspalho? Um bom menino…" Ele sorri e dá uma piscadinha para a mulher pequena, para logo me procurar: "Um instante, senhor juiz, essa palavra ainda existe? Ainda se diz paspalho? Não é um artigo de colecionador?".

Não há nenhuma hostilidade em sua voz ou em seus olhos, e isso me deixa confuso. Confirmo que a palavra ainda é usada. Ele a pronuncia para si mesmo num sussurro prolongado, algumas vezes, e eu não resisto à tentação de sussurrar a palavra junto com ele.

"Ou quem sabe tem a ver com o meu pai. Pode ser que estivesse incomodado com algo, ou talvez tenha decidido que este acampamento não combina com ele, ou que é uma afronta à honra dele, ou descobriu que a Gadna pertence ao Mapai, o Partido dos Trabalhadores, e ele é do grupo sionista revisionista Betar, ou, o que talvez faça mais sentido, ele encontrou minhas revistas pornográficas atrás da persiana no meu quarto e está me chamando para uma consulta. Vai saber… Com ele nunca dá para adivinhar de onde virá o próximo golpe."

Ele está de pé na beira do palco, muito próximo das mesas da frente, e coloca as mãos sob as axilas. Parte do público ergue o rosto para ele. Outros estão mergulhados em si mesmos com um olhar estranho, opaco, como se tivessem perdido a vontade de acompanhá-lo e mesmo assim não conseguissem desgrudar dele.

"E aí eu percebo que ela está falando comigo, a sargenta.

Anda rápido e diz que eu tenho de voltar para casa agora, e que não há tempo, porque eu tenho de estar às quatro horas no enterro. E ela não olha para mim, como se tivesse medo de me encarar, e não se esqueçam que o tempo todo, bem na minha frente, está a bunda dela, uma visão e tanto. Bem, até que bundas geram uma bela discussão. Homens, digam-me, jurem com a mão no coração, *no coração*, *eu disse*, *mesa treze!* Cá entre nós, vocês alguma vez viram uma mulher satisfeita com a própria bunda? Vocês já viram à luz do dia uma única mulher assim?"

Ele continua a falar. Vejo seus lábios se moverem. Ele agita as mãos, sorri. Em minha mente começa a se formar uma névoa leitosa e branca.

"Vocês sabem como é mulher diante do espelho. Ela olha para trás, primeiro por um lado depois pelo outro — aliás, quando uma mulher está falando sobre sua bunda, ela é capaz de girar a cabeça trezentos e sessenta e cinco graus, sem nenhum problema, juro! É um fato! E este é um movimento que só mais duas espécies na natureza são capazes de fazer: o girassol e a manivela de dar partida em carro. Então ela se vira assim..."

Ele faz uma demonstração, quase tropeça e cai nas mesas perto do palco. Eu olho em volta. Vejo muitos buracos. Pequenos buracos abertos pelo riso.

"E ela olha... e examina... e não podemos esquecer ela tem um Google na cabeça que compara a bunda atual com a bundinha que ela tinha aos dezessete anos. E aos poucos ela vai ficando com uma cara, a cara que ela tem só para esse momento, uma cara endêmica, como se diz na língua culta, ou a famosa cara de bunda. E então ela diz como uma rainha de tragédia grega: 'Pois é, está começando a cair'. Não! É pior do que isso! Está *despencando*. Sacaram? De repente ela fala como se fosse a assistente social da própria bunda! Como se essa bunda, por sua livre e espontânea vontade, estivesse em plena decadência, se afastando da sociedade, uma bunda marginal! Mais um pouco e vocês vão ver a bunda se drogando num beco. E você, machão, se estiver com a mulher nesse momento, melhor ficar calado! Não diga nenhuma palavra! Tudo que disser será usado contra você. Diga que ela está exagerando, e que a bunda é encantadora, e atraente e beliscável e acariciável, e você vai ouvir de volta: 'Você é cego, fala só para me agradar, é um idiota, não entende nada de mulher'. Por outro lado, se disser que ela tem razão, você é um homem morto."

Ele recupera o fôlego. Esse trecho acabou. Quem sabe quantas vezes ele apresentou isso antes. Sua voz já não preenche as palavras, começa a engolir algumas. O público ri. Eu espero que não tenha ouvido bem, que não tenha entendido alguma coisa, que houvesse ali uma piada que me escapou. Mas, quando olho para a médium, seu rosto está contorcido de dor, e eu sei.

"Onde estávamos? Vocês são um público maravilhoso! Juro que queria levar todos vocês para casa. Bom, a bunda ia andando na minha frente, ela na frente e eu atrás, e não entendo o que ela está querendo comigo, de onde veio essa de enterro, afinal de contas eu nunca tinha ido a um enterro. Nunca precisei, sou de uma família pequena, como eu já disse, vocês sabem: mãe e pai e filho, e nunca tivemos enterros, não tínhamos parentes que pudessem morrer de repente, só meus pais tinham restado da família deles. Isso me faz lembrar uma coisa! Já que estamos falando de parentes, vi que esta semana saiu no jornal que cientistas descobriram que a criatura mais próxima do homem no aspecto genético é um tipo de verme cego dos mais primitivos que existem. Juro! Nós e eles somos irmãozinhos! Mas começo a achar que talvez sejamos a ovelha negra dessa família. Pensem bem, eles nunca nos convidam para as festas!" E ele dá mais um soco no ar e se esquiva de um oponente imaginário. No público, de repente, um silêncio pesado, e parece que o que ele disse antes começa a fazer sentido.

"O.k., entendi! Vamos calcular um novo percurso. Onde estávamos? Pai-mãe-filho, nenhum parente, já dissemos isso. Tudo tranquilo como o Triângulo das Bermudas. É verdade que aqui e ali havia problemas, mas você não pensa muito nessas coisas nessa idade. De algum modo eu sabia que meu pai não era jovem, que ele era o pai mais velho de todos da minha turma, e eu sabia que ele tinha hipoglicemia, e problemas no coração, e nos rins, e que ele tomava pílulas, e sabia também — bom, isso eu vi na verdade, isso todos viam — que ele tinha sempre pressão alta. E minha mãe também, mesmo sendo muito mais moça do que ele, tinha trazido de lá uma bagagem enorme que ela levava para todo lado. Imaginem só que durante quase meio ano ela esteve trancada dentro de um cubículo num trem, uma espécie de depósito de tintas onde não era possível ficar de pé ou sentado, além de ter aquelas coisas no pulso, nos dois pulsos", ele vira seus braços finos para nós, "uma costura tão delicada, quase um bordado de veias, coisa que os melhores costureiros lhe deram no Hospital Bikur Cholim. É interessante", ele ri, "nós dois tivemos depressão pós-parto quando eu nasci, só que no meu caso isso continua há cinquenta e sete anos. Mas, com exceção dessas coisinhas pequenas, que com certeza existem em toda casa normal, nós três estávamos mais ou menos numa boa. Então de onde apareceu um enterro de repente?"

O público, que ficava cada vez mais calado nos últimos minutos, agora está completamente silencioso. Rostos sem expressão, tratando de não se comprometer. Talvez eu também tenha essa cara quando visto lá do palco.

"Onde estávamos? Não me digam! Deixe-me lembrar sozinho! Vocês sabem o que é o contrário de esquecer na minha idade?"

Poucas vozes do público: "Lembrar?".

"Não: anotar. Bom, soldada, sargenta, bunda, trem, bordado. Então eu estou atrás dela, andando devagar, mais devagar ainda, pensando o que estava acontecendo, com certeza era um engano, por que exatamente estão *me* enviando para um enterro? Por que não escolheram outro garoto?"

Ele está falando rápido, num esforço contido. Mantém a cabeça baixa e as mãos cada vez mais enfiadas sob as axilas. Parece que treme um pouco.

"E assim vou andando e ruminando meus pensamentos, devagar e mais devagar e mais devagar, e não entendo, não consigo entender, e de repente eu dou um pulo, planto bananeira e começo a andar sobre as mãos. Vou andando, ando atrás dela, a areia está quente como fogo, queima minhas mãos, mas não faz mal, queimar é bom, queimar é não pensar, caem coisas dos meus bolsos, dinheiro, fichas de telefone, chicletes, coisas que meu pai me mandou para a viagem, pequenas surpresas, ele sempre fazia isso, principalmente depois de me bater, não importa. Eu ando depressa, corro" — ele ergue as mãos acima da cabeça, faz como se andasse com elas no ar, e eu percebo que elas realmente estão tremendo, os dedos tremem —, "quem vai me achar enquanto estou de cabeça para baixo, quem pode me pegar?"

Silêncio de morte no salão. Parece que bem no fundo as pessoas tentam compreender como, com um gesto ou truque ou feitiço, elas foram arrancadas e transferidas do lugar onde estavam há poucos minutos para essa nova história.

Eu também. Como se a terra tivesse sido tirada de sob meus pés.

"E ela, a soldada, de repente notou alguma coisa, talvez tivesse visto minha sombra invertida, e se virou, vi a sombra dela se virar, e gritou comigo, mas era um grito fraco, baixinho: 'Recruta, volte imediatamente ao normal! Você perdeu o juízo? Vai fazer bobagem num dia desses?'"

"E eu? Não faço nada, só corro ao lado dela, na frente dela, atrás dela, queimando as mãos, me machucando com espinhos, pedras, cascalho, mas não desviro. O que ela vai fazer comigo? Ninguém consegue fazer nada quando estou assim, e assim também não penso, a cabeça fica cheia de sangue, as orelhas tapadas, sem cérebro, ninguém pensa, de-repente-ela-está-proibida-de-gritar-comigo, e o que ela quer dizer com 'num dia desses'?"

Ele caminha muito lentamente no palco, suas mãos ainda no ar, um passo de cada vez, e com a língua entre os lábios. O grande jarro de cobre atrás dele reflete seu corpo, o absorve com suas curvas e o divide em ondas, até que ele consegue se livrar delas.

"E eu vejo meus colegas ao contrário também, sentados onde estavam, voltando para a aula, aprendendo camuflagem, uma habilidade muito útil para a vida, sem nem mesmo virar a cabeça para ver o que aconteceu comigo — lembram do teste do cadarço? Eu vejo eles se afastando, e sei que sou eu que estou me afastando, mas na verdade eu e eles estamos distantes."

Eu já amava Liora ardentemente, a garota da minha turma que ficou de guarda comigo no posto ao norte do acampamento, na véspera daquela manhã, há quase dois anos e nunca tinha tido coragem de falar com ela. Dovale sabia que eu estava apaixonado por essa menina. Ele era a única pessoa no mundo com quem eu tinha falado sobre isso. O único que sabia me fazer perguntas e arrancar de mim, com suas questões profundas e socráticas, a percepção de que eu a amava. Que este era o sentimento que me torturava quando estávamos juntos e me deixava ainda mais agressivo. E naquela noite, durante a guarda, às três horas da madrugada, eu e Liora nos beijamos. Toquei pela primeira vez no corpo de uma garota. Acabavam-se os anos de solidão e começava uma nova vida.

E ele estava comigo no posto. Quero dizer, eu falei com ela

do mesmo jeito que eu falava com ele. Do jeito que ele tinha me ensinado em nosso walkie-talkie. Fui um aluno brilhante: assim que chegamos, eu lhe perguntei sobre os pais dela, onde tinham se conhecido, e sobre os dois irmãos menores. Ela ficou surpresa. Perdeu o equilíbrio. Eu a incentivei a falar, com paciência e determinação, com astúcia, até que ela começou a me contar, lentamente, sobre seu irmão mais velho, autista, que estava numa instituição e de quem os pais quase não falavam. Eu estava treinado e muito bem preparado para esse encontro: sabia o que perguntar e como escutar. Liora falou e chorou, falou mais e chorou mais, e quando a fiz rir ela riu aos prantos, e eu a acariciei e a abracei e a beijei, secando suas lágrimas. Havia ali certa simulação que até hoje eu não entendo. Um truque. Senti que eu me sintonizava com o Dovale que conheci, o querido Dovale do passado. E eu o fazia renascer agora para este momento com Liora, e o deixava fluir. Mas ainda assim sabia que logo eu voltaria a apagá-lo.

E naquela manhã, quando eu estava sentado com o pelotão no campo de treinamento e a sargenta o chamou, eu ainda estava bêbado. Bêbado de amor e de redenção e de falta de sono. Eu o vi se levantar e seguir a sargenta, e nem me perguntei para onde estava indo. Depois, mergulhei de novo em meus delírios com Liora, pensando em como seus lábios eram macios, os seios e os pelos da axila, e quando olhei de novo ele caminhava sobre as mãos. Eu nunca o tinha visto caminhar assim e não sabia que ele tinha essa habilidade. Ele andava rápido, leve, e o forte calor fazia com que seu corpo parecesse ondular. Era um belo espetáculo. Ele de repente parecia livre e alegre, saltitando sobre ondas de ar, como se pudesse desafiar a gravidade, como se voltasse a ser ele mesmo. Logo fui tomado por um carinho infinito e a tortura dos últimos dias desapareceu por completo, como se não tivesse existido.

Por um instante.

Não consegui mais aguentar ele e suas reviravoltas. Desviei o olhar. Lembro claramente desse movimento. E mergulhei mais uma vez em minha embriaguez.

"Nós corremos, ela sobre as pernas e eu sobre as mãos, e passam por meus olhos plantas espinhosas, areia, placas, e logo chegamos ao caminho de pedras brancas que leva ao barracão do Comando, e de longe consigo ouvir os gritos: 'Você vai levá-lo agora!', 'Até parece que vou até lá!', 'Isso é uma ordem! Você precisa levá-lo para o enterro até as quatro horas!', "Fui e voltei de Beer Sheva três vezes esta semana!". Eu ouço mais uma voz, que logo identifiquei como a do comandante do acampamento, conhecido entre nós como Eichmann — um apelido carinhoso para pessoas cheias de compaixão —, e ele também gritava, a voz dele era mais alta que todas as outras: '*Puta que o pariu, onde está o menino? Onde está o órfão?*'."

Ele sorri, se desculpando. Os braços colados no corpo.

Olho para a mesa. Para minhas mãos. Eu não sabia…

"Minhas mãos ficam moles como manteiga. Eu caio e fico deitado com a cara enfiada no chão. E fico ali deitado, só deitado, por não sei quanto tempo. E quando consigo levantar, vejo que estou sozinho. Vocês estão entendendo? Seu amigo aqui enterrado na areia do deserto, a soldada já tinha ido embora, a gorduchinha fugiu, esse simpático "tanque de *mitsvot*" — aposto que essa aí não tinha um pôster do Janusz Korczak pendurado no quarto."

Eu não sabia. Nunca imaginei. Como poderia saber?

"Agora, querida Netanya, fica comigo! Preciso do apoio de vocês. Nessa hora tenho à minha frente os degraus de madeira que levam à sala do comandante, em cima, urubus e um sol de rachar, em volta, sete países árabes sedentos de sangue, e quem está lá dentro grita furioso com os outros: 'Eu só vou até Beer Sheva! Que o Comando dê um jeito de levá-lo até Jerusalém!', 'Está bem, seu sem-vergonha, você já encheu o saco! Pegue logo o garoto e vai embora, que o tempo está acabando! Vai logo!'."

As pessoas se ajeitam nas cadeiras e voltam a respirar, com cuidado. A história começa a interessá-las, junto com as energias renovadas e as gesticulações e as imitações e os sotaques do contador.

E Dovale, no palco, percebe logo essa agitação e olha para a plateia, sorrindo. E cada sorriso leva a mais um, como se fossem bolhas de sabão.

"Então eu levanto do chão e espero, e a porta do Comando se abre, e vejo descer os degraus botas vermelhas recheadas com o comandante, e ele faz um carinho em mim: 'Meus pêsames, rapaz', e me dá um aperto de mão. *Uau! O comandante apertou minha mão!* E também me dá um puxãozinho no nariz, que significa muita-tristeza-traço-luto: 'A sargenta Ruchama já te contou, não é? Sentimos muito, querido, não deve ser fácil, ainda mais nessa idade. Mas saiba que você está em boas mãos, vai chegar lá na hora, só preciso que você corra e pegue as suas coisas'.

"Foi isso que o comandante falou para mim", ele encara a plateia com olhos esbugalhados e uma expressão de boneco, assustado, "e eu estava em estado de choque, não entendo nada! Só entendo que não vão me castigar por nada. E percebo também que o comandante já não era aquele que nos aporrinhava. Agora ele é paternal. 'Venha comigo, querido, o carro está te esperando, querido'. Daqui a pouco ele vai dizer: 'Obrigado por ter nos escolhido, querido, sabemos que você poderia ter decidido ficar órfão em outro acampamento...'.

"Bem, vamos andando, eu me arrastando como um trapo

atrás daquele homem de dois metros de altura, e vocês sabem como os comandantes andam, parecem robôs — cabeça erguida, pernas abertas para que as pessoas pensem que ele tem colhões do tamanho dos de um cavalo, punhos cerrados, o corpo virando direita-esquerda a cada passo."

Ele imita: "Vocês sabem, os comandantes não caminham, eles *soletram* a caminhada, não é mesmo? Alguém aqui foi comandante? Sério mesmo, rapaz? Onde? Em Golani? E temos aqui algum paraquedista? Demais! Vamos ter uma boa briga aqui!" O público ri. Os dois homens grisalhos erguem seus copos um para o outro, de longe.

"Por falar nisso, Golani, você sabe como vocês se suicidam?"

O homem ri: "Ele sobe no próprio ego e se joga de lá".

"Bravo!", Dovale comemora. "Desse jeito você vai roubar o meu ganha-pão.

"Mas vamos ao que interessa. Ao chegar na barraca o comandante fica do lado de fora, respeitando minha privacidade, ao que parece. Eu coloco na mochila tudo que meu pai tinha me enviado. Caso vocês não tenham entendido ainda, eu era o filhinho da mamãe, mas o soldado do papai. E meu pai fez de mim um soldado-modelo pra ninguém botar defeito! Eu tinha comigo tudo de que um comando precisa numa missão em Entebbe. E minha mãe também quis ajudar, já que ela tinha muita experiência com campos — ainda que os que ela frequentou fossem de outro tipo: de concentração. Resumindo, depois que esses dois acabaram de fazer minha mala, eu tinha equipamento suficiente para qualquer tipo de problema mundial ou regional, incluindo assadura causada por um asteroide."

Ele para, sorri lembrando de alguma coisa, talvez da imagem do pai e da mãe arrumando sua mochila. Ele dá uma leve batida na coxa, ri. Ele está rindo! Uma risada normal, não aquela. Não aquele esgar venenoso. Não o riso de quem ri da própria desgraça. Um riso simples, humano, e na plateia as pessoas começam a rir com ele. Eu também, como não? Para relaxar com ele nesse momento terno consigo mesmo.

"De verdade, vocês precisavam ver meu pai e ela arrumando a mochila. Que espetáculo! Material para um stand-up do mais alto nível. Vocês teriam dito: quem são essas duas figuras e quem foi o filho da puta que as inventou? E por que essa pessoa tão brilhante não trabalha para mim? E aí você pensa: ah! Mas ele já trabalha para mim! Prestem atenção para entender como a coisa acontecia: meu pai vinha e ia, correndo. E ele se movia — sabem essas moscas pequenas que só voam em linha reta? *Bzzz! Bzzz!* Toda vez ele sai do quarto, traz alguma coisa, põe na mochila, arruma, corre para trazer mais coisas, toalha, lanterna, marmita, *bzzz*, biscoito, *bzzz*, cubinhos de sopa, creme para queimadura, chapéu, inalador, talco, meias, enfia tudo ali, soca bem, espreme. Nem mesmo olha para mim, eu não existo, é só ele contra a mochila, repelente, pasta de dentes, pomada contra mosquitos, uma troço de plástico para evitar queimadura de sol no nariz, *bzzz*, vai, volta, os olhos ficam ainda mais próximos um do outro..."

"Não tem ninguém que supere meu pai. Em coisas assim, como organizar, planejar, cuidar de mim, ele era expert, especial, este era o seu elemento. Dá para vocês entenderem a pressão? Já aos três anos de idade meu pai me obrigava a ir para o jardim de infância cada dia por um caminho diferente para enganar os assaltantes."

Risos no público.

"Não, sério, quando eu estava na primeira série, o homem ficava parado na porta da classe e interrogava as crianças: 'Esta pasta é sua?', 'Foi você mesmo quem a preparou?', 'Está levando alguma coisa que alguém te deu?'."

O público ri muito.

"E de repente minha mãe vem do quarto com um grande casaco de lã cheirando a naftalina, não sei de onde veio. Para que um casaco, mãe? É que ela ouviu dizer que no deserto faz frio à noite. Aí ele tira o casaco das mãos dela, assim, com delicadeza, 'Ora, Surele, *ietzt iz zimer, di nor zitz un kik'*. Isso mesmo, chegava em ídiche e dizia: 'Ora, Sarinha, estamos no verão, pode ficar aí sentada, só olhando'. Mas nunca que ela iria sentar e ficar só olhando! Um minuto depois ela aparece trazendo umas botas. Para quê? Porque sim! Porque alguém que andou cinquenta quilômetros descalço na neve não sai por aí sem botas", ele sacode suas botas ridículas. "Como vocês podem ver, essa mulher nunca tinha visto um deserto na vida. Desde o momento em que chegou ao país ela só ia e voltava do trabalho, seguia como o do cuco de um relógio. Fora o episódio em que ela bancou a Cachinhos Dourados com os três ursos nos palacetes do bairro nobre de Rechavia, mas isso a gente já tinha esquecido. E andava sempre de cabeça baixa e com o lenço caído sobre o rosto, pois – Deus me livre! — não queria que a vissem, sempre depressa, colada nos muros, para que não denunciassem a Deus que ela existia."

Ele faz uma pausa para molhar a garganta. Depois limpa os óculos na barra da camisa, dando a si mesmo alguns segundos de descanso. Minha porção finalmente chega. Parece que pedi demais, daria para duas pessoas. Ignoro os olhares. Sei que não é o momento para um banquete desses, mas preciso me estabilizar. Me empanturro de empanadas e peixe assado e ceviche e cogumelos em conserva. Percebo que mais uma vez escolhi as comidas de que *ela* gostava, e que com certeza vão provocar azia em mim, e ela ri e diz que já que não tem outro jeito isso é uma forma de termos um encontro, e eu devoro e me arde o estômago. Não aguento mais, eu digo a ela com a boca cheia, não aguento mais esse jogo de faz de conta, esse pingue-pongue de um jogador, ficar aqui sozinho ouvindo a história dele. Você e sua nova namorada… Quase sufoco com o *wasabi*, fico com o nariz irritado e lacrimejando. E ela transforma imediatamente seu sorriso zombeteiro num sorriso de um milhão de dólares, e me diz, coquete: "Não diga isso… Meu relacionamento com a morte não é tão sério assim ainda".

"O que dizíamos? Onde estávamos? Ah, sim, minha mãe… Ela não sabia fazer nada dessas coisas de casa, dessas coisas de mãe", ele resmunga e parece tomar um desvio dentro de si mesmo. "Nem lavar nem passar, e com certeza não cozinhava também. Acho que durante toda a sua vida ela não fez nem mesmo uma omelete. E meu pai fazia coisas que nenhum homem faz. Vocês precisavam ver como ele arrumava as toalhas no armário milimetricamente, e como eram as dobras da cortina, e como o chão brilhava", ele enruga a testa e junta as sobrancelhas. "Até as cuecas e as camisetas ele passava para nós, para nós três… Ouçam isto, vocês vão achar graça…"

"Queremos rir de piadas!", grita um homem baixinho e de ombros largos sentado em uma das mesas laterais, e logo mais vozes se juntam a ele. "Onde estão as piadas, hein? O que está havendo aqui? Que bobagens são essas?"

"Só mais um minuto, meu irmão! Já vem uma fornada fresquinha, garanto que você vai gostar! Eu só queria… O que eu queria? Agora me confundi. Você me atrapalhou! Escute, rapaz, escute bem! Você nunca viu nada assim: o meu pai tinha um acordo com uma sapataria na rua Jaffa — conhecem a rua Jaffa, em Jerusalém? Parabéns para você, homem do mundo! Eles o mandavam consertar meias femininas de náilon em Mea Shearim e em outros bairros — mais uma startup da Pippi Meialonga, mais um jeito de arranjar uns trocados a mais. Esse homem, juro, era capaz de vender areia no deserto." Riso frouxo. O homem de ombros largos se recusa a acompanhar. Dovale enxuga o suor da testa com o dorso da mão. "Vejam só, toda semana ele trazia de lá meias para consertar, umas quarenta de cada vez, e ele ensinou minha mãe a consertar as meias — essa era outra das suas habilidades, sabe? Consertar meias de náilon…"

Ele agora está falando só com o homem de ombros largos. Com uma das mãos ele faz um pedido, uma súplica: "Espere um segundo, meu irmão, você já vai ganhar sua piada quentinha, já está saindo do forno! Bom, meu pai comprou para ela uma agulha especial com um cabinho de madeira — gente, como é que me lembro disso, você me fez lembrar, meu herói! Que Deus lhe pague! —, e ela vestia a meia na mão, e com a agulha erguia ponto por ponto a meia desfiada, até que não havia mais rasgos. Trabalhava horas e horas assim, às vezes noites inteiras, ponto por ponto…"

As últimas frases ele pronuncia quase sem respirar, lutando para cruzar a linha de chegada antes da impaciência do público e do homem dos ombros. Silêncio no salão. Aqui e ali uma mulher sorri, talvez da longínqua lembrança de uma meia de náilon. Mas ninguém na plateia está rindo.

"Vejam só como tudo isso volta", ele ri, pedindo desculpas.

Do silêncio ergue-se uma voz masculina: "Diga, ruivo, hoje vai ou não vai ter stand-up?".

É o homem de cabeça raspada e paletó amarelo. Eu tive a sensação de que ele voltaria a aparecer. O outro homem, dono daquela imensa envergadura, reforça, quase que rosnando. Mais vozes se juntam a eles. Alguns poucos, principalmente mulheres, tentam fazê-los calar. O homem de amarelo ruge: "O que virou isto aqui? Viemos para rir, e ele nos dá uma homenagem ao Holocausto. E ainda por cima rindo do Holocausto!".

"Tem razão, tem razão, desculpe meu irmão! Eu vou dar um jeito nisso! Eu estava pensando… Preciso contar para vocês! Um sujeito foi visitar o túmulo da avó no dia do aniversário dela. A algumas sepulturas dali ele vê um homem sentado perto de um túmulo, chorando e gritando: 'Por quê? Por quê? Por que você precisava morrer? Por que te levaram embora? O que a minha vida vale sem você? Maldita seja a morte!'. Depois de alguns minutos o neto não pode mais se conter e vai até ele: 'Perdão por perturbá-lo, meu senhor, mas fico realmente comovido ao vê-lo assim. Nunca vi uma tristeza tão profunda... Posso perguntar por quem você está em luto? Era seu filho? Ou seu irmão?'. O homem olha para ele e diz: 'Nada disso, é o primeiro marido da minha esposa!'."

O público ri muito — uma risada exagerada para uma piada como essa —, e pipocam pela plateia algumas palmas forçadas. É impressionante ver até que ponto as pessoas estão dispostas a ajudá-lo a salvar a noite.

"Esperem, tem mais! Tenho estoque até meia-noite!", ele rejubila com os olhos agitados:

"Um cara telefona para um amigo que estudou com ele no ginásio trinta anos antes e diz: 'Tenho um ingresso para a final da Copa do Estado de Israel amanhã, quer vir comigo?'. O outro fica surpreso, mas um ingresso para a final é uma coisa irrecusável. 'Está bem', ele diz. Os dois vão, sentam em um lugar excelente, o ambiente é agradável, se divertem, gritam, xingam, fazem a ola, futebol de primeira. No intervalo o amigo lhe diz: 'Preciso te perguntar, você não tinha alguém mais próximo do que eu, algum parente, para dar o ingresso?'. 'Não', responde o outro. 'E você não quis, sei lá, convidar sua mulher?'. 'Minha mulher morreu', ele responde. 'Ah', diz o colega, 'sinto muito... Mas e algum amigo mais próximo? Algum colega de trabalho?'. 'Eu tentei', diz o outro, 'acredite que tentei, mas todos preferiram ir ao enterro dela'."

O público ri. Brados de incentivo voam em direção ao palco, mas o homem de ombros largos grita: "Já deu de enterros!".

E o grito dele também arranca uma saraivada de palmas. Dovale olha para o público, e eu sinto que nos últimos minutos, com todas as piadas e fogos de artifício, ele não está aqui. Parece se voltar cada vez mais para dentro. É como se estivesse desacelerando, e isso não é bom, ele pode perder o interesse do público, perder a noite. E não tem ninguém para cuidar dele.

"Chega de enterros, entendi, meu irmão! Você tem razão. Estou anotando as dicas, vou melhorar enquanto avançamos. Ouça, Netanya, não vamos ser tão pesados… Mas mesmo assim eu tenho de contar pra vocês uma coisa pessoal, até mesmo íntima. Sinto que somos amigos… Ioav, aumente o ar condicionado, não dá para respirar aqui!"

O público aplaude, concordando entusiasticamente.

"Dei umas voltas pela cidade antes dessa apresentação. Analisei possíveis rotas de fuga caso resolvam me tirar do palco", ele ri, mas algo pesado está pendurado em seu sorriso, e todos aqui sabem disso. "De repente eu vejo um velho, uns oitenta anos, todo ressecado e enrugado, parecendo uma uva-passa, sentado num banco na rua, chorando. Se um velho chora, como não ir até ele? Quem sabe está pensando em mudar o testamento? Eu me aproximo com cuidado e pergunto: 'Meu senhor, por que está chorando?'. O velho responde: 'Como eu não vou chorar? Há um mês conheci uma garota de trinta anos, linda de morrer, sexy, nos apaixonamos e fomos morar juntos'. 'Que ótimo, o que tem isso de ruim?'. 'Veja bem', diz o velho, 'desde então toda manhã começamos o dia com um sexo selvagem, depois ela me traz um suco de romã por causa do ferro, e eu vou para o consultório médico. Volto, fazemos um sexo selvagem e ela me prepara uma quiche de espinafre para antioxidantes. Depois do almoço, eu vou jogar cartas no clube, volto, fazemos um sexo selvagem a noite toda, e é assim todos os dias…'. 'Isso parece fantástico!' eu digo a ele. 'Oxalá fosse comigo! Mas então por que o senhor está chorando?' O velho pensa um instante e diz: 'Não lembro onde eu moro'."

Uma onda de gargalhadas se eleva do público. Ele avalia o riso como quem testa a estabilidade de uma pedra num rio, e antes de as últimas gargalhadas acabarem ele diz: "Onde estávamos? Comandante, robô...", e faz de novo movimentos rígidos, com um sorriso contido que me embrulha o estômago. "O comandante ficava na minha orelha: 'É preciso se apressar! Você não pode atrasar! Deus me livre de você perder...'. E eu dizia: 'Perder o quê, comandante?'. Ele me olha como se eu fosse um idiota. 'Não vão te esperar o dia inteiro', ele diz, 'você sabe como são enterros, ainda mais em Jerusalém, com todas aquelas regras. Ruchama não te disse que você tem de estar às quatro horas no cemitério de Guiv'at Shaul?'. 'Quem é Ruchama?', eu sento na cama, olhando para o comandante. Juro a vocês, nunca tinha visto um comandante tão de perto! Talvez só nas revistas *National Geographic*! E ele diz para mim: 'Ligaram da sua escola para dar a notícia. O próprio diretor ligou e disse que você precisa estar às quatro no cemitério'. Não entendo o que ele está falando. Parece que é a primeira vez na vida que escuto todas essas palavras. Por que o diretor estaria se referindo a mim? Desde quando ele sabe quem eu sou? E o que foi que ele disse exatamente? E tem mais uma pergunta que preciso fazer ao comandante, mas tenho vergonha. Não sei como perguntar uma coisa dessas, ainda mais ao comandante, uma pessoa que eu mal conheço. Então, em vez disso, pergunto por que eu preciso arrumar minha mochila. O comandante olha para o teto da barraca, como se já tivesse desistido totalmente de mim. 'Querido, você ainda não entendeu? Você não vai voltar para cá.' Eu pergunto por quê. 'Porque o período de luto de vocês, a *shivá*, vai terminar depois que a sua turma já tiver ido embora', ele responde.

"Ótimo! Agora fico sabendo que o programa também inclui

a *shivá*! Eles pensaram mesmo em tudo, não? Só esqueceram de me contar os planos. E a única coisa que eu consigo pensar é que eu estou morrendo de sono. Estou louco para dormir. O tempo todo bocejando. Bem na cara do comandante. É incontrolável. Encontro um lugar na minha cama no meio de todas as coisas, me deito, fecho os olhos e apago."

Ele fecha os olhos no palco e fica assim por um momento. Com os olhos fechados seu rosto fica mais transparente e expressivo, mais espiritual. Sua mão amarrota distraidamente a barra de sua camisa. Sinto compaixão por ele até ele abrir a boca:

"Sabem esses catres militares, que no meio da noite dobram em cima de você e te engolem, como uma planta carnívora? De manhã, quando seus amigos chegam, não tem Dovale, não tem nada, só os óculos e um cadarço de sapato, e a cama está lá, lambendo os beiços com um pequeno arroto?"

Aqui e ali escutam-se risadinhas. O público não sabe ao certo se é para rir numa hora dessas. Apenas os dois jovens com roupa de couro soltam uma gargalhada baixinha e longa, um estranho gargarejo, inquietando as mesas mais próximas. Olho para eles e penso em como durante vinte e cinco anos, todos os dias, eu absorvi a energia de pessoas assim, até chegar um momento, depois de Tamara, sem Tamara, em que eu já não era capaz e comecei a botar para fora.

"'Levante-se', diz o comandante. 'Por que você está deitado?' Eu então me levanto e espero. Assim que ele for embora, vou voltar a dormir. Não por muito tempo, só até tudo isso passar e a gente esquecer tudo e voltar ao que era antes dessas besteiras.

"E ele já começa a se irritar comigo, mas é cuidadoso. 'Mexa-se', ele manda, 'fique aqui, vou arrumar para você.' Eu não entendo. O comandante vai arrumar minha mochila? É como se... Não sei... Como se Saddam Hussein viesse até vocês no restaurante: '*Querem um suflê caramelizado de frutas vermelhas, que eu acabei de fazer?*'."

Ele para e espera as risadas, que hesitam em aparecer. Seus olhos se anuviam rapidamente. Ele está analisando a armadilha na qual o público se encontra: sua história eliminou qualquer possibilidade de riso. Posso ver como o raciocínio dele funciona. Ele deve delimitar mais uma vez a estratégia do jogo, e para isso nos dá autorização: "Vocês conhecem a história da mulher que tem uma doença terminal, cujo nome não vamos pronunciar para evitar alguma mensagem subliminar?". Ele abre os braços como se fosse dar um grande abraço, e ele inteiro parece emanar alegria. "Resumindo, a mulher diz pro marido: 'Sonhei que se a gente fizer sexo anal eu vou ficar curada'. Não ouviram essa? Onde vocês vivem? Bom, então escutem! O marido acha essa ideia um tanto estranha, mas o que não fazemos pela cura da nossa esposa, não é mesmo? Bom, à noite os dois vão para a cama, fazem sexo anal e adormecem. De manhã, o marido se levanta, coloca a mão no lado dela na cama e... vazio! Ele dá um salto e fica de pé, certo de que tudo havia acabado, quando ouve ela cantando na cozinha. Corre até lá e a mulher está de pé, preparando uma salada, sorrindo para ele. Ela está fantástica! 'Você não vai acreditar no que aconteceu!', ela diz. 'Dormi maravilhosamente bem, acordei cedo, e de repente me senti incrível. Fui para o hospital, me fizeram exames, radiografias, e disseram que estou curada! Que sou um milagre da medicina!' O marido irrompe num choro terrível. 'Por que você está chorando?', ela pergunta. 'Não está feliz por eu ter ficado boa?' 'Claro que estou feliz', ele responde aos prantos, 'só não consigo deixar de pensar que eu poderia ter salvado minha mãe também!'."

Parte do público torce o nariz, mas a maioria ri abertamente. E eu também. O que posso fazer? A piada é boa. Tomara que eu consiga me lembrar depois. Dovale analisa o público. Faz uma varredura rápida. "Mandou bem", ele diz para si mesmo em voz alta. "Você ainda tem seus truques, Dovi!", ele bate no peito com a mão aberta, de um jeito um pouquinho diferente daquelas pancadas de antes.

"Então eu fico ali de pé, num canto, e o comandante se atira sobre minha mochila, junta as coisas espalhadas na cama, embaixo da cama, ataca como se invadisse uma casa nos territórios ocupados. *Bam!* É guerra! Ele enfia tudo na mochila, sem nenhuma organização, sem arrumar, sem pensar. O que o meu pai vai dizer quando eu chegar com a mochila nesse estado? E no momento em que eu penso isso, minhas pernas dobram e caio em outra cama."

Ele dá de ombros. Esboça um sorriso débil. Tenho a impressão de que de novo ele tem dificuldade para respirar.

"Vamos apressar esse *foreword!* É proibido irritar o público! Gostamos de prazeres imediatos, *tzzz!* Eu corro com a mochila atrás do comandante e com o canto do olho vejo que meus colegas no campo de treinamento estão olhando para mim como se já soubessem de algo, talvez tenham reparado que os urubus começavam a voar para o norte. *Galera*", ele imita os urubus num forte sotaque russo, *"tem cadáver fresco em Jerusalém!"*

Eu o vi atrás do comandante. Uma figura minúscula, encurvada sob o peso da mochila. Lembro que todos nós nos viramos e olhamos para ele, e pensei que era assim, com exceção da mochila, que ele ficava quando nos despedíamos no ponto de ônibus, arrastando-se sem vontade para casa.

Alguém da turma dele fez uma piada, mas dessa vez ninguém riu. Não sabíamos por que tinham vindo chamá-lo para ir até a sala do comandante, e não sei se até o fim do acampamento alguém da turma dele descobriu o que tinha acontecido, para onde o tinham levado. Os instrutores não nos disseram nada, e nós também não perguntamos. Ou, pelo menos, eu não perguntei. Só sabia que a soldada tinha vindo atrás dele, que ele se levantou e foi com ela, e depois de alguns minutos eu o vi atrás do comandante com a mochila, caminhando até uma van que o esperava. Estes são os fatos que eu presenciei. Depois disso, só voltei a vê-lo esta noite, quando subiu ao palco.

"Na van, o motorista já afunda o pé no acelerador, ainda em ponto morto, toda a raiva concentrada na perna, olhando para mim como quem quer me matar. Eu subo, jogo a mochila atrás e sento na frente, e o comandante diz para o motorista: 'Você está vendo esse menino simpático? Você não pode soltar a mão dele até que ele esteja na estação rodoviária de Beer Sheva e alguém do Comando chegue para levá-lo para Jerusalém, *capicce?*'. E o outro devolve: 'Juro pela Torá, comandante, se eles não estiverem lá quando eu chegar, deixo o menino nos achados e perdidos'. O comandante belisca a bochecha dele com força e sorri: 'Pense bem no que eu te disse, Tripoli! Você não larga esse menino lá, entendeu? Enquanto não vierem tirá-lo da sua mão, você não solta ele. Agora vai!'.

"E para mim, para que vocês entendam, para mim tudo isso é como se eu estivesse assistindo a um filme em que eu sou figurante. Lá estou eu sentado numa van do Exército, na frente. Lá estão dois homens que eu não conheço, dois soldados, falando de mim, mas numa língua que na verdade eu não entendo, sem legenda para Dovale. E o tempo todo estou querendo perguntar uma coisa ao comandante, preciso perguntar a ele urgentemente, antes de viajar, e só estou esperando que ele pare de falar um instante, mas aí ele para e eu não consigo, nada sai da minha boca, as palavras não se formam, porque estas palavras me dão muito medo, estas duas palavras...

"E então o comandante olha para mim e eu penso: agora ele vai me contar, está chegando, e eu já me preparo. E todo o corpo se fecha de uma vez só. E o comandante põe a mão na cabeça, como se fosse um solidéu, e diz: 'Do céu te venha o consolo, Deus te dará consolo junto com todos os outros enlutados de Sião e de Jerusalém', depois dá uma batida na lateral da van, como se fosse um cavalo, e o motorista diz: 'Amém', acelera e a gente pega a estrada."

O público está quieto. Uma mulher ergue um dedo, hesitante, como fazíamos na escola, mas volta a pousá-lo no colo. Numa mesa próxima, um homem olha confuso para sua acompanhante e ela encolhe os ombros.

O homem do paletó amarelo está espumando. Está fervendo de raiva. Dovale também percebe isso e lança olhares nervosos. Peço à garçonete que venha à minha mesa imediatamente. Não consigo mais olhar para esses pratos vazios. Não posso acreditar que comi tudo isso.

"Enfim, a gente pega a estrada. O motorista não diz nada. Não sei nem mesmo o nome dele. Olho de esguelha para ele. Um rapaz magro, um pouco encurvado, com um nariz gigantesco, orelhas grandes e um rosto cheio de espinhas. Muito mais do que eu. Nós dois estamos calados. Ele está irado comigo por causa dessa viagem que arranjaram para ele, e está mais do que claro que eu não vou perguntar o que queria. Deve estar quarenta graus, estou pingando de suor. O motorista liga o rádio, estamos sem sinal, só se escuta barulho, estática…"

E aqui ele imita admiravelmente bem os sons de estações de rádio misturadas, uma junção incompreensível de frases, palavras, canções entrecortadas: "Jerusalém de ouro", "*Johnny is the guy for me*", "*Itbach al Iahud*", "I wanna hold your hand", "Mesmo sob tiros de canhões não deixaremos de querer a paz!", "Em Jumalan vive um velho Messias", "Experimente ainda hoje as meias Merci", "O Monte do Templo está em nossas mãos, eu repito: o Monte do Templo está em nossas mãos!"…

O público ri, se diverte. Dovale bebe um gole da garrafa térmica e olha para mim interrogativamente, na expectativa. Como se quisesse saber o que eu estou achando da história até agora, talvez de toda a apresentação. E eu, numa espécie de instinto idiota e medroso, fecho a cara para ele, apago dela toda expressão e desvio meu olhar, e ele dá um passo para trás, como se tivesse sido atingido por mim.

Por que fiz isso? Por que neguei apoio neste momento? Quem me dera eu soubesse. Compreendo tão pouco a mim mesmo, e nos últimos anos cada vez menos. Quando não há com quem conversar, quando não há Tamara insistindo e interrogando e pressionando, os canais interiores são bloqueados. Lembro da fúria dela uma vez no tribunal quando foi ver o caso de um pai que tinha abusado da filha. "Seu rosto estava sem nenhuma expressão", ela vociferou comigo em casa. "A menina expôs toda a dor dela ali, olhou para você suplicando, só esperando que você desse alguma indicação, por menor que fosse, de simpatia, de compreensão. Um só olhar que lhe dissesse que seu coração estava com ela, e você..."

Expliquei a ela que aquela era a expressão que eu deveria exibir num julgamento: mesmo que por dentro eu esteja explodindo, não posso deixar que percebam, nem um mínimo que seja, pois ainda não firmei uma opinião. E o mesmo rosto de pedra que dirigi àquela garota, eu disse, eu também dirigi depois ao pai dela, quando ele apresentou a versão dele. A justiça deve ser notada, e a empatia que tenho pela garota eu vou expressar, sem sombra de dúvida, porém no veredicto. "Mas aí", disse Tamara, "será tarde demais para o que ela precisava quando falou com você naquele momento terrível", e me lançou um olhar estranho, que eu nunca tinha visto em seus olhos.

"E agora, Netanya", ele tenta mostrar alegria na voz, e para mim fica claro que ele tenta superar a mágoa que lhe causei, e eu quase não aguento tal a raiva que sinto de mim mesmo. "Ei, Netanya", ele suspira, "a eterna cidade pastoral! É mesmo um prazer estar aqui com vocês. Onde estávamos? Ah, sim, o motorista. Eu começo a sacar que ele se sente um pouco mal pelo jeito como me tratou, e começa a falar comigo. Vai ver só estava entediado, com calor, incomodado com as moscas... Mas eu, o que eu tinha para falar com ele? Talvez ele mesmo não soubesse. Se contaram a ele o que tinha acontecido. Se, quando estava lá com o comandante, eles contaram. E ainda que ele soubesse, mesmo assim eu não saberia como perguntar... Não sei se aguentaria a resposta, ainda mais sozinho, sem pai ou mãe."

Agora está começando. O homem de cabeça raspada com o paletó amarelo bate na mesa, uma batida, depois outra, lentamente, e mantém os olhos fixos em Dovale, sem expressão. Em segundos toda a plateia está imobilizada, e só ele se mexe, só mexe aquele braço. Uma batida. Pausa. Outra batida.

Aos poucos, das extremidades do salão, ergue-se um balbucio medroso de protesto, mas ele continua: uma batida. Pausa. Outra batida. O homem de ombros largos junta-se a ele com o punho cerrado, quase derruba a mesa com suas batidas lentas. Minha cabeça começa a pegar fogo, o sangue sobe. Olha só, esses tipos.

Os dois se incentivam trocando olhares. Não precisam de mais do que isso. O ruído em volta se transforma em tumulto. Algumas mesas os apoiam com entusiasmo, poucas se opõem, a maioria prefere não expressar opinião. Um tênue cheiro de suor paira de repente no ar daquela sala subterrânea. Os perfumes ficam mais acentuados. O diretor da sala se levanta, sem saber o que fazer. Por todos os lados as mesas começam a discutir: "Ele está, sim, contando piadas o tempo todo, o tempo todo!", ouço uma mulher argumentar. "Estou prestando atenção, estou avaliando o cara, sério!". "E stand-up não é só piadas", vem outra em seu auxílio, "às vezes também são histórias engraçadas da vida real." "Histórias e mais histórias, mas não tem *punchline*!", grita um homem da minha idade enquanto uma mulher com um bronzeado artificial se apoia nele.

E Dovale se volta para mim, olha para mim.

Em um primeiro momento não entendo o que ele quer de mim. Está parado na beira do palco, os braços caídos, ignorando a tempestade a sua volta, olhando para mim.

Para mim, que há um instante fechei meu rosto para ele como quem bate a porta na cara de alguém. Ele ainda espera que eu faça alguma coisa. O que posso fazer? O que eu posso fazer contra eles?

E logo lembro daquilo que eu costumava ser capaz de fazer; na força que eu tinha à minha disposição contra pessoas assim. Na autoridade que eu impunha com um movimento de mão, com uma frase, com um veredicto. O sentimento de um poder monárquico, cuja existência eu não podia reconhecer, até entre mim e eu mesmo.

O barulho e os gritos aumentam. Quase todos no salão participam do tumulto, já se sente uma briga no ar, e ele ainda está parado, imóvel, e olhando para mim. Ele precisa de mim.

Já se passou muito tempo desde que alguém precisou de mim pela última vez. É difícil descrever a intensidade da surpresa que me invade. E da apreensão. Primeiro, sou atacado de uma tosse desenfreada, depois empurro a mesa e levanto, não tenho ideia do que estou fazendo. Talvez eu queira ir embora, dar o fora daqui. Este lugar e esses brutamontes não têm nada a ver comigo, eu já devia ter ido há uma hora. Mas aqueles dois estão destruindo mesas, e tem o Dovale, e eu me ouço gritar: "*Deixem que ele conte a história dele*".

Os homens no salão se calam e olham para mim numa mistura de choque e de medo, e eu percebo que gritei mais alto do que queria. Muito mais alto, pelo visto.

Estou de pé. Imóvel. Me sinto um ator num melodrama esperando que alguém lhe sopre a próxima fala. Mas ninguém faz isso. Não há policiais no salão para formar uma barreira entre mim e o público, e não tem um botão de emergência embaixo da mesa, e este não é o mundo em que eu andava na rua como uma pessoa qualquer, sabendo que em alguns minutos eu poderia decidir o destino dos outros.

Paira o silêncio à minha volta. Estou respirando rápido demais e não consigo controlar. Olhos estão fixos em mim. Sei que meu aspecto engana — até uma testa saliente e maciça faz o efeito às vezes, não só o volume — mas não sou um herói que pode bancar um grito se as coisas realmente saírem do controle.

"Deixem ele contar a história!", eu grito mais uma vez, lenta e marcadamente, comprimindo cada palavra no ar, e minha cabeça fica numa estranha posição de cabeceio, e sei que estou ridículo assim, mas fico desse jeito, e por um momento também me lembro daquela sensação de preencher toda a minha vivência, até o limite. Ser.

O homem de amarelo vira em sua cadeira e olha para mim. "Não tem problema, meritíssimo, estamos com o senhor. Só quero que ele me diga o que essa besteira toda tem a ver com os duzentos e quarenta shekels que eu joguei fora para vir aqui esta noite. Não acha que isso é um crime, meritíssimo? Não parece propaganda enganosa?" E Dovale, cujos olhos ainda brilham para mim com a gratidão de um irmão mais novo que vê o mais velho sair em sua defesa, irrompe na discussão:

"Tem a ver, irmão, cem por cento a ver! E agora está começando a ter mais ainda, garanto a você! Até agora foram preliminares, sabe?", ele dá um sorriso de macho para macho que não dá muito certo, só faz com que o homem desvie os olhos como se fosse uma ferida aberta. "Ouça bem, meu irmão: eu encosto a cabeça na janela da van, uma janela padrão Exército israelense, o que quer dizer que não dá para fechar tudo, mas em compensação também não dá para abrir tudo, e o vidro fica empacado no meio, tremendo, e para mim estava ótimo, pois ele não fica só tremendo, ele fica fora de controle! *Drrr!* Um barulho infernal, uma britadeira furando uma parede de concreto não faz um barulho desses! Então eu, instintivamente, encosto a cabeça no vidro, e ele num segundo começa a sacudir meu cérebro, *drrr!* Estou dentro de um compressor de ar! Dentro de um liquidificador! *Drrr! Drrr!*"

Ele mostra como apoiou na janela. A cabeça começa a tremer, primeiro delicadamente, depois mais rápido, e mais forte, até que seu corpo começa a convulsionar, e este é um espetáculo admirável: suas feições se misturam, as expressões cruzam umas com as outras voando como um maço de cartas sendo embaralhado. Seus membros palpitam enquanto ele dança freneticamente pelo palco, saltita de um lado para outro, se atira ao chão como uma boneca de pano, e ele fica lá, deitado, ofegante, e de vez em quando mais um espasmo, com a perna ou com o braço.

O público ri, inclusive os que tinham começado a rebelião estão rindo, quase involuntariamente, e até a minúscula médium sorri satisfeita, com a boca um pouco aberta, mostrando seus pequenos dentes.

"Esse *drrr* me caiu do céu!", ele grita para o público, levanta-se do chão, limpa as mãos e sorri com uma derrotada cordialidade para o homem de amarelo, e também para o de ombros largos. Esses dois ainda se recusam a fazer as pazes com ele, e seus rostos voltam a apresentar a mesma expressão zombeteira de quem duvida.

"*Drrr!* Não consigo pensar em nada, não sinto nada, toda

reflexão se estilhaça em mil pedaços, sou como um purê de pensamentos, *drrr!*", ele faz seu ombro saltar na direção da mulher pequena, e ela recua, ri muito, até que lágrimas corram por suas faces como pérolas, e algumas pessoas do público notam e se divertem com esse pequeno drama paralelo. "Pitz", ele diz, "agora me lembro de você. Sua família morava na casa em cima da viúva com os gatos."

Ela se abre num sorriso: "Eu disse onde eu morava".

"Mas o motorista — ele não era nenhum idiota!", ele grita e bate os pés e levanta o braço como se fosse o Elvis. "Ele já conhecia esse truque do vidro, outros que viajaram com ele já tinham feito essa cena de Parkinson-com-as-janelas. Então começa a falar comigo como que por acaso, me aponta outros veículos na estrada: 'Aquele é um D-200 indo para Shibta; esse é um Rio levando mantimentos para a base militar; aquele é um Studebaker Lark do Comando do Sul, Moshe Dayan tinha um assim durante a guerra. Você viu? Ele me reconheceu, sinalizou com os faróis'.

"O que tenho a dizer sobre isso? Nadinha de nada. Ele tenta então penetrar por outro caminho: 'O quê? Vieram de repente te dar a notícia?'.

"E eu, nada ainda. *Drrr...* era um liquidificador de pensamentos. Demoro meio segundo para processar a pergunta dele, meu cérebro é uma papa, um purê. De repente vejo meu pai aparecer com um prato de *lokshen*, a massa judaica. Não sei por que me veio à cabeça exatamente essa imagem. Me deem um segundo aqui, o.k.? Afinal, tenho que pensar por que meu pai me aparece de repente com *lokshen*, por que vocês acha que ele fez isso? Quem sabe isso não é bom? Quem sabe, sim, é bom? Eu sei lá... Fecho os olhos com mais força, bato ainda mais com a cabeça na janela, o melhor para mim agora é não pensar, não pensar em nada, em ninguém." Ele segura a cabeça com as mãos e balança, enquanto grita para nós a plenos pulmões, como se tentasse superar o ruído no veículo: "Isso eu tinha percebido já no primeiro instante, Netanya! Agora eu tinha de desligar o interruptor do meu cérebro! Não era bom pensar nele agora! Também não era bom para o meu pai, na verdade não era bom para ninguém estar no meu cérebro agora."

Ele abre um grande sorriso, sereno, e os braços como se fosse dar outro abraço. Parte do público ri, um pouco confuso. Sorrio para ele com todos os músculos do meu rosto, dando as ferramentas para que Dovale avance pelo caminho que temos pela frente. Não sei se ele é capaz de ver meu sorriso. Como são frágeis as expressões que nosso rosto sugere.

"Agora, que história foi essa de *lokshen*? Que bom que vocês perguntaram. Vocês são uma plateia admirável! Uma plateia que se importa, que é sensível! Escutem essa. Uma vez por semana, quando para de se ocupar com os caderninhos, ele prepara *lokshen* para a canja da semana. Juro, não é mentira!", ele se entrega a um riso seco. Então, de repente, passa um filme no meu cérebro enquanto estou na van, não me perguntem por quê, não há uma lógica aí. Olhe, esses são os movimentos que ele faz com as mãos, prepara a massa, abre, deixa-a fina como papel..."

Quase sem mudar uma linha no rosto e no corpo, ele se transforma no personagem. Nunca vi o pai dele, só uma imitação grosseira naquela noite na barraca em Beer Ora, mas pelo arrepio que sinto sei que é ele, ele é desse jeito mesmo.

"E ele corre com a massa enrolada nos braços para deixá-la secar sobre a cama, indo e vindo depressa. *Bzzz, bzzz*, zunindo pela casa, dizendo para si mesmo em voz alta: 'Agora pegue a massa, agora ponha a massa sobre o *lokshenbrat*, agora pegue um *volgerholtz*, agora estique a massa'." Parte da plateia ri, por causa do sotaque, por causa da imitação, por causa do ídiche, por causa da risada do próprio Dovale. Mas a maioria olha para ele sem nenhuma expressão, e eu começo a sentir que essa é a arma mais poderosa do público.

"Eu juro! Todo o tempo em que vocês estiverem em casa com esse cara vão ouvir ele falando sozinho, dando instruções para si mesmo, o tempo todo zumbindo. Na verdade, é um homem bastante engraçado, a não ser que seja seu pai. E agora imaginem que eu — eu, sim? Estão me vendo? Alô! Acordem! É o Dovale falando! A estrela da noite! Ótimo, Netanya. Então eu, como num filme maluco, estou numa van no meio do deserto e de repente vejo à minha frente meu pai, ele aparece com todos os gestos e as falas dele, pegando uma faca e cortando a massa muito rápido, como uma máquina, *tac tac tac*, e o *lokshen* voa debaixo da faca, e a faca está o tempo todo a milímetros do dedo dele, mas ele nunca se corta! Com ele nunca acontece! Minha mãe, aliás, não tinha permissão para usar facas em casa", ele dá um sorriso enorme, até o limite do possível, e o estica um pouco mais. "Por exemplo, descascar uma banana só se fosse na presença de uma equipe médica. Ela se cortava com qualquer coisinha, se feria, sangrava", ele dá uma piscadinha, passa o dedo lentamente sobre cada antebraço, no lugar onde antes tinha mostrado o "bordado de veias" dela. "E de repente, o que eu vejo, Netanya?", o rosto dele está vermelho e banhado em suor. "O que estou vendo?", ele espera uma resposta, com um movimento pede que respondam, mas ninguém se manifesta. Os lábios do público estão congelados. "Eu vejo *ela*! Minha mãe!", ele ri, vencido, servil, e volta o rosto inexpressivo para os dois homens exasperados. "Vocês estão entendendo, gente? Como se meu cérebro estivesse me jogando imagens dela também."

O homem de paletó amarelo se levanta. Ele joga uma nota na mesa, o pagamento pelas bebidas que tomou, e puxa sua mulher pelo braço com força, fazendo ela se levantar. Estranhamente, sinto quase um alívio: agora, sim. Voltamos à realidade. O casal faz seu caminho em direção à saída e os olhos de todos os acompanham. O outro homem, de ombros largos, sem dúvida gostaria de se juntar a ele. Percebo a luta que se desenrola debaixo de sua camisa polo. Mas pelo visto ele sente que não seria honroso se deixar arrastar por outro. Alguém tenta deter o casal, pedindo para que fiquem. "Já deu!", dispara o homem. "O sujeito vem aqui se divertir, é fim de semana, vem esfriar a cabeça, e ganha um Yom Kippur." Sua mulher, de pernas grossas e curtas sobre os saltos finos, sorri impotente. Com uma das mãos puxa a saia para baixo. Quando o olhar do homem encontra o da médium, ele hesita por um momento, larga a esposa, vai na direção da pequena mulher, passa por algumas mesas e se inclina gentilmente para ela. "Eu a aconselho a ir embora também, senhora", ele diz, "esse cara não é normal, está gozando todos nós, até a senhora." Ela se empertiga na cadeira, os lábios tremem. "Não é verdade", ela diz quase num sussurro que pode ser ouvido em todo o salão, "eu o conheço, ele só está atuando."

Durante todo esse tempo, no palco, Dovale observa o que está acontecendo com os polegares enfiados nos suspensórios vermelhos, balançando a cabeça que se memorizasse todas as palavras do homem. No instante em que o casal deixa o salão, ele corre para a pequena lousa e traça com o giz mais duas linhas vermelhas, uma comprida e especialmente grossa, com uma cabeça de alfinete.

Depois de largar o giz, ele faz mais uma coisa: gira devagar em torno de si mesmo, as pálpebras caídas, os braços abertos. Uma, duas, três vezes, em movimentos precisos no centro do palco, como se realizasse um pequeno ritual particular de purificação.

Ele abre os olhos, que de repente ficam acesos, como fogos de artifício num estádio: "Mas como ele é teimoso, o motorista! Não desiste! Está me procurando, eu sinto isso, está procurando meus olhos, meus ouvidos. Mas, eu, eu estou na minha trincheira, não viro a cabeça, não ofereço nada que leve até mim.

E o tempo todo meus dentes batem seguindo o ritmo da janela: 'en-ter-ro, en-ter-ro, es-tou in-do pra um en-ter-ro...' Agora, para que vocês entendam, irmãos, como eu já disse, até aquele momento eu nunca tinha ido a nenhum enterro, e isso por si só já estava me balançando, pois eu lá sabia o que acontecia ali?"

Faz uma pausa. Examina os rostos das pessoas com uma avidez estranha, desafiadora. Por um momento parece que ele realmente está provocando a plateia, incentivando as pessoas a se levantarem e irem embora, abandonando ele e a história.

"E um morto", ele acrescenta baixinho, "eu também nunca tinha visto. Nem uma morta.

"Mas, amigos", ele continua, e tenho a impressão de que está surpreso por ninguém mais ter ido embora, "não vamos levar isso muito a ferro e fogo, todo esse negócio de enterro, hein? Não vamos deixar isso nos abalar. Aliás, vocês já pensaram que existem parentes que só se encontram em casamentos ou em enterros, e por isso cada um tem certeza de que o outro é maníaco-depressivo?"

O público ri, discretamente.

"Não, sério, eu estava até pensando, sabe como no jornal tem crítica de cinema, crítica gastronômica? Podia ter também crítica de *shivá*, daquela semana que a família fica de luto. Por que não? O sujeito vai cada dia a uma *shivá* diferente e no dia seguinte escreve uma resenha, contando como foi, como era o ambiente e quem sabe até fofocas do falecido, como estava a família, se já tem alguma briga por causa da herança, se a comida e a bebida servidas estavam boas, qual a reação do público que passou pela *shivá*..."

Risadas se espalham pelo salão.

"E já que estamos nesse assunto, conhecem aquela da mulher que quis ver o marido no velório, antes que o enterrassem? O agente funerário mostra o marido e ela vê que vestiram ele com um terno preto. Aliás, essa piada não é nossa", ele ergue um dedo, "foi traduzida do cristianismo. A mulher começa a chorar: 'Meu James queria tanto ser enterrado num terno azul'. O agente diz: 'Veja, senhora, nós enterramos todo mundo com terno preto, mas volte amanhã e veremos o que pode ser feito'. No dia seguinte ela volta e ele mostra que James está vestido num terno azul espetacular. A mulher agradece mil vezes e pergunta como ele conseguiu um terno assim. O agente funerário responde: 'Você não vai acreditar, mas ontem, dez minutos depois que a senhora foi embora, chegou outro falecido, mais ou menos do tamanho do seu marido, num terno azul, e a mulher dele diz que o sonho dele era ser enterrado num terno preto'. Bem, a viúva de James agradece ao agente mais uma vez, comovida e em lágrimas. Dá pra ele uma enorme gorjeta. O agente diz: 'Então foi isso, a única coisa que eu tive de fazer foi trocar as cabeças'."

O público ri. O público está voltando. O público se alegra só para contrariar o homem de cabeça raspada que abandonou uma noite tão exitosa. "Todo mundo sabe", diz uma mulher a seu acompanhante numa mesa próxima, "que ele demora para esquentar."

"Bom, e toda essa viagem começa a me deixar louco. O cérebro ardendo com os pensamentos, fica moendo e remoendo, está uma bagunça, tenho tantos pensamentos eu já não consigo me encontrar dentro da minha própria cabeça. Vocês sabem quando todos os pensamentos voam completamente desordenados, sem direção, na hora em que vamos dormir? Exatamente antes de a gente cair no sono? Será que eu deixei o forno ligado? Bom, não adianta, preciso obturar aquele dente de cima. E aquela moça ajeitando o sutiã no ônibus? Ganhei o dia! O filho da puta do Ioav que disse que pagaria só em noventa dias. Vai saber onde vou estar em noventa dias! Será que um gato surdo pode pegar um passarinho mudo? Talvez seja até bom que nenhum dos meus filhos se pareça comigo. Que história é essa de cortarem árvores sem anestesia? Um motorista do serviço funerário pode ter no carro um adesivo dizendo: 'A caminho de mais um cliente satisfeito'? E como é que ele me substitui o centroavante dez minutos antes do jogo acabar? Eu posso escrever num anúncio 'Dovale e a vida estão desistindo'? Eu não devia mesmo ter comido aquela musse..."

O público ri — embaraçado e confuso, mas ri. O ar-condicionado barulhento traz de repente um sopro com fragrância de grama cortada para o salão. Quem sabe de que planeta veio esse cheiro. Eu sinto e quase me embriago. Sou inundado pela lembrança de minha pequena casa em Guedera.

"O motorista está calado. Fica assim um minuto, dois... Quanto tempo pode ficar quieto? Então ele volta a fazer aquilo comigo, como se a gente não tivesse parado de conversar. Vocês conhecem essas figuras que não têm ninguém com quem falar? Isoladas, solitárias? Elas vão usar um aspirador de pó para fazer você falar, se precisar. Quero dizer, você é a última opção delas. Depois só existem aqueles sinais de trânsito sonoros para cegos. Digamos que você está sentado na sala de espera do médico esperando para fazer exames", o público confirma que conhece essa situação. "Agora, você nem acordou direito, ainda não tomou o primeiro café — e você precisa de pelo menos três cafés para começar a abrir a pálpebra esquerda —, e no fundo você só quer agonizar tranquilamente. E então o velho a seu lado, com a braguilha aberta e todo o negócio de fora, a amostra de urina escura na mão — aliás, vocês já notaram como as pessoas circulam nos hospitais com suas amostras?"

Trocam-se experiências, o público agora está começando a descongelar, e quer mais. Até a médium está rindo, insinuando olhares envergonhados para todos os lados, ele a encara e uma luz sai de seus lábios.

"Não, sério, fiquem sérios por um minuto... Tem os que vão com o potinho na mão assim, certo? O sujeito passa por você no corredor em direção ao carrinho com as amostras. Você está sentado nas cadeiras encostadas na parede, ele não te olha. Ele está *absorto em pensamentos*. Preste atenção e veja que a mão que leva o exame está sempre do outro lado, e na posição mais baixa possível, não é?"

O público dá gritos de satisfação, confirmando que é assim mesmo.

"Como se assim não desse para ver o que ele leva na mão — por acaso, um potinho de plástico, e no potinho tem, por acaso, cocô. Agora deem um *zoom in* na cara dele, o.k.? É como se ele não tivesse nada a ver com isso, sabe? Ele é só um portador, somente um mensageiro cuja missão secreta é transportar material biológico para fins de pesquisa. Juro, são esses os que eu mais gosto de atazanar, especialmente se for alguém famoso, um ator, um diretor, um dramaturgo, um desses merdas com quem eu trabalhava quando ainda estava vivo, que Deus me tenha. E eu logo me levanto e vou até ele, abro os braços para um abraço: 'Shalom, senhor choco!'. Ele faz de conta que não se lembra de mim, não entende de onde eu surgi. E eu lá ligo pra isso? Já estou há muito tempo naquela fase em que não me lembro se perdi a dignidade ou a vergonha. Eu chego com o volume no máximo: '*Hello*! O que traz o senhor a nossa humilde clínica? E por falar nisso, li no jornal que o senhor está preparando uma obra-prima. Ótima notícia! Estamos todos curiosos para ver o que o senhor fez dessa vez! Adoro seu trabalho porque sabemos que tudo vem de dentro, né? Das entranhas..."

As pessoas não respiram de tanto rir, enxugam lágrimas, batem as mãos na perna. Até o diretor da sala ri aos soluços. A mulher pequenina é a única que não está achando graça.

"Bem, qual o problema agora?", ele pergunta a ela depois que as risadas diminuem.

"Você está envergonhando ele", ela diz enquanto ele olha para mim, impotente, como se perguntasse: O que faremos com ela? E de repente eu me lembro: Euricleia.

Eu tentava me lembrar desse nome desde o momento em que ficou claro que a mulher pequenina o conheceu na infância, e que ela começou a alterar o andamento da noite. Euricleia, a velha babá de Odisseu, que lavou os pés dele quando ele voltou de viagem disfarçado como um mendigo. Foi ela quem descobriu a cicatriz que ele tinha desde a juventude, e assim conseguiu reconhecê-lo.

Eu anoto o nome no guardanapo, em letra de fôrma. Por alguma razão essa lembrança me causa alegria. E logo me pergunto o que eu poderia dar ao Dovale. O que eu poderia ser para ele aqui.

Peço mais uma dose de tequila, já faz anos que eu não bebia tanto, e de repente me dá vontade também de comer uma porção de tapas. E azeitonas. Alguns minutos antes eu achava que não poderia pôr mais nada na boca, parece que estava enganado. O sangue começa a correr de repente nas veias. Foi bom ter vindo, juro, foi bom ter vindo, e foi ainda melhor ter ficado.

"E então, depois de alguns quilômetros... estão me acompanhando?", ele de repente estica o pescoço como se tirasse a cabeça para fora em um carro em movimento, e nós, digo, o público, rimos e confirmamos que sim, estamos acompanhando, apesar de que algumas pessoas aqui parecem surpresas com isso.

"De repente o motorista me lança um: 'Ouça, menino, não sei se você tem cabeça para isso agora, mas o caso é que no mês que vem eu vou para uma competição do Exército representar o nosso Comando'.

"Eu não respondo nada. O que posso dizer? Faço no máximo um *hmm* sob o bigode que não tenho. Mas depois de alguns segundos fico com um pouco de pena dele, não sei, talvez porque ele parece ser tão carente, então eu pergunto se a competição é de direção de automóvel.

"'Direção?', ele se surpreende, ri muito entre dentes que se projetam para a frente. 'Eu, numa competição de direção? Tenho setenta e três multas. Meio ano perdido, é isso o que eu tenho. Não, nada de direção, é uma competição de piadas.'

"E eu: 'O quê?', pois juro que pensei ter ouvido mal. E ele: 'Piadas, a gente vai para contar piadas. Todo ano eles fazem um concurso de piadas com todo o Exército israelense'.

"De verdade, eu estava em choque. De onde ele tirou isso? E eu, que estava o tempo todo ali sentado me preparando para o momento em que ele de repente ia me contar, sabe? Que ele ia entender sozinho o que estava acontecendo comigo e ia *me contar*. Mas aí ele me vem com piadas?

"Seguimos a viagem. Sem conversar. Vai ver ele ficou ofendido por eu não ter me interessado mais no assunto, mas a verdade é que não tinha forças para ele. E começo a perceber como ele dirige mal, como o carro fica ziguezagueando na estrada, fugindo para o acostamento, entrando em todos os buracos. Depois me vem o pensamento de que se a minha mãe estivesse ali com certeza me diria para desejar a ele sucesso na competição. Quase não consigo respirar quando penso nisso. Ouço a voz dela, sua entonação. Chego a sentir a respiração dela na minha nuca, e eu digo a ele: 'Boa sorte'.

"'Tinha uns vinte caras na prova', ele me conta, 'vieram de todas as bases do Comando do Sul, e na final éramos três, e por fim só eu fiquei para representar o Comando.'

"'E como era a prova?', eu pergunto. E só pergunto por causa dela, porque que me importa como era a prova? Mas sei que ela teria pena dos dentes e das espinhas e de todo o aspecto dele.

"'A prova?', ele diz, 'sei lá, nada de especial, íamos para uma sala com uma mesa e contávamos piadas. Por tema.'

"E agora vejo que o motorista está falando comigo, mas a cabeça dele está em outro lugar. Ele franze a testa e começa a morder a plaqueta de identificação, e eu me preparo para o caso de tudo isso ser uma manobra dele, toda essa história de concurso. Talvez agora, que eu baixei a guarda, ele vai de repente me cravar aquilo. Como uma faca.

"'Tinha lá um juiz da revista *Bamahane*, publicada pelo Exército', ele diz, 'e também aquele grandão que está sempre sorrindo da banda Hagashash Hahiver, e mais dois juízes, que eu não conhecia. Eles lançavam um tema e nós íamos atrás de uma piada.'

"'Ah, sim, claro', eu respondo. Percebo pelo seu tom de voz que ele está mentindo, e espero ele terminar com essas bobagens e me contar de uma vez.

"'E eles lançavam, por exemplo: Loura! E tínhamos trinta segundos para contar uma piada.'

"'Loura?'"

Ele volta a olhar para o vazio. O seu truque de apoio. Pálpebras semicerradas, o rosto congelado numa expressão de espanto com a natureza corrupta do homem. Quanto mais tempo fica assim, mais o público ri. Porém o riso ainda é hesitante, espaçado. Tenho a impressão de que uma tênue aflição perturba o público, que já entendeu que ele vai insistir com sua história.

"Enquanto isso o veículo fica dançando por toda a estrada, e eu já sei que é um sinal de que o piadista está pensando, esqueceu-se de onde está. Sorte que a estrada está vazia, quase não passam carros na direção contrária, no máximo a cada quinze minutos. Com a mão direita procuro a maçaneta da porta, experimento a tensão da mola, puxo e largo. Começo a ter uma ideia.

"'Ouça, garoto', diz o motorista, 'agora você não tem cabeça para rir, mas se tiver só um pouquinho… Pode ser, não sei, pode ser que te faça bem!'

"'Como assim, bem?', eu penso e minha cabeça está quase explodindo.

"'Propõe aí um assunto', ele me diz e coloca as mãos alinhadas no volante. Dá para notar que ele não está brincando, a expressão dele mudou num instante e suas orelhas estão vermelhas como fogo. 'Propõe aí o que você quiser, não precisa ser o que dissemos, pode ser qualquer coisa: sogra, política, marroquinos, advogados, travestis, bichos.'

"Agora, para que me entendam, meus irmãos, vejam só! Se concentrem em mim um pouquinho: eu estou preso por algumas horas com um motorista maluco, que está me levando para um enterro e vai me contar piadas. Não sei se vocês alguma vez estiveram numa situação assim..." E uma voz feminina, em algum lugar à minha esquerda, sussurra: "Já estamos há uma hora e meia nessa situação". Por sorte Dovale não ouviu isso nem os risinhos abafados que ela provoca.

"Pela primeira vez", ele diz numa calma absoluta, quase para si mesmo, "pela primeira vez começo a sentir o que é ser órfão, sem ninguém para cuidar de mim.

"E a viagem segue. O carro está um forno. O suor escorre pelos meus olhos. 'Seja legal com ele', minha mãe cochicha de novo na minha orelha. 'Lembre-se de que cada um tem uma vida curta, e é preciso fazer com que esse tempo seja agradável.' Eu escuto ela falar e meu cérebro fica louco com imagens dela, imagens das lembranças que tenho dela, e também dos retratos dela, dela e dele também. Na verdade mais dele do que dela, ela quase nunca se deixava fotografar, gritava assim que apontavam a câmera para ela. Meu cérebro despeja fotografias que eu nem lembrava que lembrava, fotografias de quando eu era bebê, de meus primeiros seis meses, quando ficava sozinho com ele. Ele me levava junto para todo lugar, costurou para mim uma espécie de saco de pano que prendia no pescoço. Tem uma foto dessa época em que ele está fazendo a barba de um cliente e eu pendurado nele, dentro do saco, espiando com um olho aberto por baixo de seu rosto. E ela então não estava com a gente, como eu disse, estava aqui e ali, estava numa casa de repouso, era esse o comunicado oficial emitido pela família." Ele repuxa com um dedo a pele debaixo do olho: aqui e ali na casa de loucos. Aqui e ali no alfaiate de veias... Onde estávamos, Netanya? Onde estávamos?

"Não faz diferença, não se preocupem. De repente sinto frio lá no carro. Em pleno vento quente do deserto sinto frio no corpo todo. Comecei a tremer muito, a tremer mesmo, batendo os dentes, e o motorista olha para mim meio de lado, e eu tenho mil por cento de certeza que ele está pensando: Conto logo para ele? Ou não conto? Conto para ele agora ou finjo mais um pouco? E de repente eu fico tenso... E se ele contar? E se ele me contar assim, num carro, só a gente? E logo tentei pensar em outras coisas, tudo para não ouvir o que ele estava falando, mas o que me veio à mente são coisas que nunca tinha pensado na vida. Era como se meu cérebro também começasse a brincar comigo, jogando ideias e perguntas, por exemplo se seria possível cortar outra vez exatamente no mesmo lugar, e como é que isso tinha acontecido com ela, e o que usaram para fazer isso, e se ela estava sozinha em casa quando aconteceu. E vieram mais, começou uma inundação de pensamentos. Se nos dias em que eu estive no acampamento ele voltava para casa do salão um pouco mais cedo, e, se não, então quem ia buscá-la no ponto? Quem poderia buscar minha mãe como eu? E como é que eu tinha esquecido de perguntar isso antes de ir para Beer Ora? Como é que eles se arranjaram quando eu não estava lá?

"'Bichos', eu digo rápido para o motorista, e o que sai é na verdade um grito. E o motorista diz: 'Bichos... bichos...', e só essa palavra já é como um soco no estômago. Talvez o fato de eu tê-la dito não seja um bom sinal. De repente tudo parece ser um sinal. Talvez até respirar seja um sinal.

"'Saquei', diz o motorista, e seus lábios se movem, e vejo que a cabeça dele começa a funcionar. 'Beleza, tenho uma. Um bebê coala está num galho, abre os bracinhos e pula. Se esborracha no chão. Se ajeita e sobe de novo, fica parado no galho, abre os bracinhos, pula e se esborracha no chão. Se ajeita, sobe, e faz tudo de novo, uma e outra vez. Enquanto isso, de outro galho dois pássaros assistem tudo que acontece. Finalmente, um pássaro diz para o outro: 'Acho que teremos de contar que ele é adotado'."

O público ri.

"Vocês estão rindo! Ótimo, Netanya! Não é exatamente uma gargalhada, mas sem dúvida dá para dizer que é um riso. É uma pena que vocês não estavam lá no carro no meu lugar, vocês fariam um grande bem ao motorista. Porque eu fiquei lá sentado e não rio de jeito nenhum, só tremo como um cachorro num canto da van, e logo fico pensando por que ele está me contando uma piada de pais com um filho diferente. E ele, o motorista, assim que terminou de contar começou a rir da própria piada. E o que era aquilo? Parecia um burro zurrando. Na verdade, o riso dele era muito mais engraçado do que a piada. Quem sabe foi por isso que mandaram ele para o concurso. Eu não ri, e vi que ele ficou decepcionado, mas não desistiu. Fiquei irado por ele não ter desistido. Como um sujeito pode ser tão imbecil?, eu pensei. 'Tenho uma de matar', ele diz. 'Toda vez que eu conto preciso tomar cuidado para não rir eu mesmo, pois eles podem desclassificar você por causa disso.'

"'Um cavalo entra num bar e pede pro barman um chope Goldstar. O barman serve o chope, o cavalo bebe e pede um copo de uísque. Bebe o uísque e pede um copinho de tequila. Bebe. Um *shot* de vodca e mais uma cerveja...' E ele, o motorista, vai me contando essa história das mil e uma noites, e eu só querendo fugir, fico triturando minha cabeça com os tremores da janela, e desses tremores de repente eu ouço uma voz ao longe, do deserto, e é difícil distinguir o que é, mas parece uma canção que minha mãe cantava quando eu era pequeno, com três ou quatro anos. De onde isso vinha? Juro que não era de mim! Fazia anos que eu não me lembrava dessa música que ela cantava quando eu não conseguia dormir, ou quando estava doente, me puxava para si, me balançava, "*Ai li luli lu*, durma meu querido carneirinho, feche os olhinhos..."

Silêncio no salão. A breve melodia evapora lentamente, como fumaça.

"Agora pense *nele*", ele se sacode e fica mais ágil. "Coisas boas, coisas boas, pense nele com coisas boas, onde, o quê, aí está, achei, jogadores, escalar jogadores de seleções, primeiro de Israel, depois da Europa, depois da América do Sul. Nisso eu era um gênio, graças a ele, tenho que reconhecer. Desde os cinco anos, desde que estava na primeira série. Ele começou a me ensinar sobre futebol. Fez isso com toda a sua alma. Chega, basta disso, agora é a vez *dela*. Ela não vem. Só ele me vem mais uma vez à cabeça, toda vez que penso algo sobre ela, ele está lá. E agora? Está na cozinha fazendo uma omelete, talvez seja um bom sinal, penso, sinal de que ele está em casa e com ele tudo está bem... E aí eu me pego: que bom sinal, otário? Que bom sinal é esse em sua cabeça? E então ele ergue os olhos da omelete e olha direto para mim, sorri como se sorri para uma câmera, e faz para mim aquele truque dele, vira a omelete no ar enquanto levanta a outra mão bem alto, como um maestro de orquestra, e de repente parece que ele está me elogiando um pouco, por que ele faz isso? Em que posso ajudar o meu pai agora? Isso não depende de mim, mas ele continua olhando como se dependesse, e eu lhe imploro em pensamento que vá embora, que não me aterrorize, o que ele quer de mim? E quero pelo menos que ele não venha sozinho, que nenhum dos dois venha sozinho. Que ir embora, que nada! Ele finca o pé ainda mais. Agora ele se mostra a mim no quarto dos jeans, já contei desse quarto, e ele tem uma mesa com uma grade quadrada e uma serra comprida presa ali, na vertical."

Ele ficou rouco, dá um gole da garrafa térmica.

"Por que uma serra? Quem perguntou? Ah, olá, mesa doze, você é professora, certo? Dá para perceber pela maneira como fala. Então, *por que uma serra,* você pergunta? E todo o resto parece lógico, professora? Trezentas calças de flanela vindas de Marselha, fedendo a peixe, em que o zíper ficou na parte de trás, isso parece lógico? E despachar assim, sem mais nem menos, um menino de catorze anos sem nem…"

Seus olhos ficam subitamente vermelhos. Ele inspira, infla as bochechas e sacode a cabeça para os lados. De repente minha garganta também está ardendo. Dovale bebe mais, goles longos e rápidos. Eu preciso me lembrar do que estava fazendo naquele momento em Beer Ora, enquanto ele estava a caminho do enterro. Mas como lembrar de tais detalhes tão distantes no tempo?

Mesmo assim, eu me arranco do presente. Preciso pôr ordem nas coisas. Eu me examino, sem concessões. Com todas as forças tento fazer reviver em mim o garoto que eu era naquela época, mas ele se esfarela em minha consciência repetidas vezes, como se se recusasse a ficar, a existir, a se expor a essa investigação. Eu não dou trégua. Me volto inteiro para aqueles dias. Para mim esses pensamentos não são fáceis. Dovale ainda está quieto. Talvez sinta, com seus sentidos aguçados, que neste momento eu não presto atenção nele. Mas eu me obrigo a pelo menos fazer as perguntas que se impõem: será que pensei nele algumas vezes depois que foi embora? Não me lembro. Ou, pelo menos, uma vez por dia? Não me lembro. E quando foi que compreendi que ele já não voltaria para o acampamento? Não me lembro. E como é que não me ocorreu tentar saber para onde o tinham levado? E terei sentido algum alívio por ele ter sumido? Ou até mesmo fiquei contente por ele não estar lá? Não me lembro, não me lembro!

Só sei que aqueles foram os primeiros dias de meu amor por Liora, e esse amor abafou qualquer outro sentimento ou pensamento. Também sei que depois do acampamento não voltei às aulas particulares de matemática. Comuniquei a meus pais que não estava mais disposto a frequentá-las. Falei com eles com agressividade, com uma violência que os assustou. Eles cederam, me dispensaram, e puseram a culpa na má influência que Liora tinha sobre mim.

Ele, no palco, abre os braços, e seu sorriso se abre com eles: "Até que havia um motivo para aquela serra, professora! Pois o papi, o magnata, também estava no negócio de tecidos. Sim, sim, com as próprias mãos entrou no setor dos tecidos reciclados, *descartados-ponto-com*, e ele comprava e vendia trapos, tinha encontrado uma atividade nobre para suas horas vagas, no horário de almoço da barbearia, mais um empreendimento de luxo."

Já faz alguns minutos que há um rumor pelo salão. Não consigo dizer de onde vem. Quase cada um que olho parece estar concentrado no palco e na história, e também no narrador — talvez concentrado contra a própria vontade, às vezes com uma expressão de rejeição e medo no rosto — e mesmo assim um zumbido surge, como de uma colmeia distante, e parece se elevar de dentro do público.

"Passava pelos bairros em sua bicicleta a motor, comprando panos velhos, roupas usadas, blusas, calças..." Ele agora também parece perceber o zumbido. Eleva a voz como se estivesse num pregão. Ele está subornando o público sem nenhuma vergonha, de maneira febril, desesperada: "Cober-tores, fro-nhas, to-a-lhas, len-çóis, fral-das velhas... Depois de lavar tudo, ele classificava segundo o tipo de tecido e o tamanho..."

O zumbido se torna um balbucio vindo de todos os cantos do salão, como se o lambesse de todos os lados.

"E ele — prestem bem atenção, meus irmãos, pois vem aí a *punchline*, não vão embora — ele se sentava no chão no quarto dos jeans e dividia os trapos como quem distribui as cartas de um baralho, muito rápido: para cá e para lá, *bzzz, bzzz*, uma pilha aqui, uma pilha ali, e ele seguia de verdade um sistema, não zombem! E então ele passava as blusas e as calças e os casacos de cima a baixo na serra, e cortava fora o refugo, todos os botões e zíperes e alfinetes e fivelas e presilhas, tudo caía — não se preocupem, isso ele também ia vender para um alfaiate no bairro de Mea Shearim, nada se perdia no universo dele —, depois ele empacotava os trapos em pacotes de cem, e eu o ajudava nisso, gostava disso, e no fim contávamos juntos, *acht un naintsig, nain un naintsig, hundert*! E nós dois amarrávamos com força os pacotes com barbante, e ele saía para vender os trapos em oficinas, gráficas, hospitais..."

O balbucio de repente cessa. Os ruídos da cozinha também. Há um silêncio profundo, um vazio que precede uma grande irrupção. Dovale está novamente tão mergulhado na história que não percebe o que está introduzindo nas pessoas, e eu temo que alguém o machuque de verdade, jogue nele um copo ou uma garrafa ou até mesmo uma cadeira. Tudo é possível agora. Ele está na beira do palco, perto demais do público. Os braços em torno do tórax estreito, um sorriso distante lhe acaricia o rosto: "E assim, noite após noite eu ficava na cozinha ao lado da minha mãe com a agulha e a meia de náilon dela, fazendo as lições e olhando como ele trabalhava com a serra, como eram seus movimentos, e como os olhos dele pareciam mais redondos e mais negros, até que ele erguia a cabeça e olhava para a minha mãe, e por um segundo ele volta a ser uma pessoa, e eis que minha mãe, vejam, Netanya..."

E agora, de uma só vez, o salão explode. As pessoas se levantam. Cadeiras são empurradas, cinzeiros caem no chão tilintando. Balbucios, reclamações, suspiros, e logo chegam vozes do lado de fora, que já não pertencem a este lugar, gargalhadas, portas de carro batendo, motores, pneus cantando. Dovale corre para o quadro-negro, o giz voa de seus dedos como a batuta de um regente extasiado. Cinco, oito. Dez. Mais ainda, pelo menos vinte mesas ficam vazias. Não foi uma ação combinada. Algo amadureceu de uma vez em várias pessoas. Elas continuam a sair, a se arrastar para fora com a urgência de refugiados, espremendo-se na porta de saída. O homem de ombros largos, que antes de levantar tinha dado um murro na mesa, passa por mim dizendo a sua acompanhante: "Viu como se aproveitou da gente para falar de seus problemas?". E ela responde: "E o *lokshen*, então? E as meias de náilon? Foi um festival de histórias".

Três minutos depois, a maior parte do público já havia saído, e uma sensação de que o pequeno salão de teto baixo está em choque toma o lugar. Os que permanecem sentados olham para os que saem com uma espécie de letargia obscura, parte condenando, parte invejando.

Mas também tem aqueles, apesar de não serem muitos, que se aprumam em suas cadeiras e voltam a olhar para Dovale com expectativa, até mesmo com um novo frescor. Ele, ainda de costas para os que saem, termina de marcar os últimos traços vermelhos no quadro, no que já parece ser o rabisco de um louco. Ele larga o giz e se vira para contemplar o salão esvaziado, e, para minha surpresa, seu rosto está aliviado.

"Lembram-se do motorista?", ele pergunta, como se não tivesse acontecido nada nos últimos minutos. Ele mesmo responde: "Lembramos, lembramos. Então, o motorista enquanto isso não para de contar piadas. Conta várias e eu não estou ouvindo nada, não rio nem por educação, não sou capaz. Mas ele é como uma rocha, o performer do inferno, nada o detém. Mil homens vão sair daquele carro no meio da viagem e ele continuará contando piadas. Eu olho para ele pelo canto do olho, vejo como o semblante dele mudou, obstinado, tão sério que chega a botar medo. Não olha para mim, não procura meus olhos, só mais uma piada, e mais uma. E eu ali pensando: mas que porra é essa? O que está acontecendo?

"E toda essa situação... Como posso dizer? Essa viagem, e o motorista, e o comandante que disse com todas as letras 'tragam o órfão', que é uma coisa que ainda não entrou na minha cabeça — de jeito nenhum! Toda essa situação foge de mim o tempo todo, como um circuito queimado. Um órfão é alguém que ficou velho de uma só vez, não? Ou é um tipo de deficiente? Órfão é Eli Stiglitz, da 9ª série, cujo pai trabalhava nas empresas do mar Morto e caiu de um guindaste. Desde então Eli gagueja. Quer dizer que agora eu vou começar a gaguejar? O que faz um órfão? Tem diferença entre órfão de pai e órfão de mãe?"

Suas mãos estão cerradas diante da boca. As pessoas se inclinam para ouvir melhor. Somos tão poucos. E espalhados por todos os cantos do salão.

"Acreditem em mim, Netanya, eu não queria nenhuma mudança na minha vida. Eu estava bem, tinha tudo de melhor que existe no mundo. Nossa casa de repente pareceu o paraíso, mesmo sendo pequena e escura e a gente sufocando com o cheiro dos trapos, flanela e de todas as coisas que ele cozinhava. Até desse cheiro eu de repente gostava. Verdade que era uma merda de lugar, e uma casa de doidos. Verdade que eu apanhava para valer, mas, *big deal*, todos apanhavam! Não é? Quem não apanhava naquela época? Era assim! Não se conhecia outro jeito! E daí, isso fez algum mal? Não crescemos bem? Não nos tornamos gente?"

Seus olhos muito abertos flutuam por trás dos óculos. É como se tudo estivesse acontecendo agora.

"As famílias são assim. Uma hora te abraçam, uma hora te arrebentam com o cinto, e tudo isso é por amor. Aquele que poupa a vara estraga a criança, *e creia-me, Dovtcho, às vezes uma bofetada vale mais do que mil palavras*. E com isso vocês ouviram o catálogo completo de piadas e ditos espirituosos do meu pai." Ele enxuga com o dorso da mão o suor do rosto e tenta sorrir. "Onde estávamos, meus *kebabzinhos*? Por que vocês estão assim? Sério, vocês parecem crianças que levaram uma surra! Desse jeito me dá vontade de mimar vocês, fazer um cafuné, cantar uma canção de ninar. Vocês conhecem aquela do caramujo que foi à polícia? Não? Também não conhecem? O caramujo entra na delegacia e diz para o plantonista: 'Duas tartarugas me atacaram'. O plantonista abre uma pasta, pede para ele descrever exatamente o que aconteceu. 'Não lembro', diz o caramujo, 'tudo aconteceu tão rápido'." O público ri, cauteloso. Eu também rio. Não apenas da piada. O riso agora é principalmente um pretexto para respirar.

"Prestem atenção! Eu tenho a mão o tempo todo na maçaneta da porta, e o motorista, sem olhar para mim, me manda…"

De repente, a mulher pequenina começa a rir alegremente. Ele olha para ela, surpreso: "O que aconteceu, médium? De repente eu fiquei engraçado?

"Sim", diz ela, "a piada do caramujo é engraçada."

"Sério?", ele abre o olho, animado.

"Sim, quando ele diz que tudo aconteceu tão rápido…"

Ele olha por cima dos óculos. Sei que ele está preparando ali espinhos para espetá-la: Já te disseram que você é como um cofre de banco? Os dois têm um *delay* de dez minutos…

Mas ele apenas sorri e ergue os braços, se rendendo: "Não tem ninguém igual a você, Pitz".

Ela se ajeita na cadeira e alonga o pescoço curto: "Foi isso que você me disse".

"Foi isso que eu te disse?"

"Uma vez eu estava chorando, você veio vindo pela rua…"

"Por que você estava chorando?"

"Porque tinham batido em mim, e você disse…"

"Por que te bateram?"

"Porque eu não crescia, e você veio de trás da casa, de perto dos bujões de gás…"

"Andando sobre as mãos?"

"Claro, disse que eu era especial. E que, se eu chorava por causa deles, como você estava vendo tudo ao contrário, era como se eu estivesse rindo, mas por minha causa."

"E você se lembra disso?"

"Tenho uma memória longa, em compensação", ela diz, assentindo três vezes com a cabeça.

"E agora, mudando completamente de assunto!", ele declara, mas dessa vez seu grito é contido, talvez para não assustá-la. "De repente o motorista dá um tapa na própria testa, e diz: 'Como eu sou idiota! Esse tipo de conversa talvez não seja o mais adequado para você agora. Piadas? Eu só queria te distrair, fazer você esquecer um pouco… Não foi certo, desculpe, o.k.? Estou desculpado? Não está zangado?'. 'Tudo bem, eu respondo, não foi nada.'

"'Agora é melhor você dormir', ele me diz, "vou ficar quieto! Você não vai ouvir nem uma palavra minha até Beer Sheva! *Shhh!*"

E ele representa mais uma pequena cena da viagem para nós: o corpo dele balança no ritmo do carro, sacode com as irregularidades do asfalto, inclina-se para a direita e para a esquerda, acompanhando o caminho. Os olhos do viajante vão se fechando lentamente, a cabeça pende sobre o peito com os sacolejos da estrada. De repente ele se agita assustado, grita: "Não dormi!", e de novo cai lentamente no sono. Ele é sofisticado e preciso, um artífice em seu ofício. O reduzido público sorri de orelha a orelha: uma pequena dádiva está sendo oferecida.

"E então, um segundo antes de eu conseguir adormecer, o motorista diz: 'Posso fazer uma última pergunta?'. Não respondo. O sono foi embora. 'Só uma coisa', ele insiste, 'você está segurando de propósito?'

"'O quê?'

"'Não sei. Isso. O choro.'

"Eu cerro minha boca com força naquele instante. Mordendo de verdade. Não falo mais com ele. É melhor que ele conte mais uma piada e não se intrometa. A viagem continua. Só que ele, vocês já devem ter percebido, não é desses que desistem fácil. Um minuto depois ele me pergunta mais uma vez se estou me contendo à força ou se o choro simplesmente não vem.

"A verdade é que eu mesmo já não estou me entendendo. O motorista tem razão. Eu preciso chorar, é isso que os órfãos fazem, não é? Mas não tenho lágrimas, não tenho nada, meu corpo é como uma sombra, sem nenhuma sensação. E também... Como posso dizer? É como eu não pudesse começar nada antes de saber, entende?"

Ele para, como se esperasse uma resposta nossa, do que resta do público.

"Só meus olhos", ele continua baixinho, "parecem que vão explodir a qualquer momento. Mas não de lágrimas. Nada de lágrimas. De dor, uma dor de matar está pressionando meus olhos."

Com os nós dos dedos ele aperta os olhos por baixo das lentes. Esfrega-os longamente, com força, como se tentasse tirá-los das órbitas.

"'Na minha família, que Deus a tenha, morreu meu irmão', me diz o motorista. 'Ele tinha cinco anos, se afogou no mar. Eu não o conheci, eles me trouxeram ao mundo depois da morte dele, como uma espécie de consolo. Mas, mesmo sem ter conhecido, eu sempre choro por ele.'

"E realmente, foi só falar no irmão e começou a chorar. As lágrimas escorriam pelo rosto em linha reta. 'Não entendo como você pode ficar assim', diz o motorista já sem conseguir falar, chorando com a boca aberta e mostrando todos os dentes, parecia uma criança. E eu olho para o rastro de lágrimas, ele não as enxuga, e o rastro molha o rosto dele, pinga na blusa do uniforme, penetra pela gola, mas ele não enxuga, nem com a mão nem com nada. As lágrimas escorrem soltas, quantas forem necessárias. Mas comigo, não. Como se algo estivesse preso na minha cabeça, empacado, estou com um entupimento no cérebro. Era só esse algo se mexer para eu poder começar. E o tempo todo, não esqueçam, eu estou pensando que talvez o motorista saiba alguma coisa, talvez ele tenha escutado algo quando estava na sala do comandante. Por que ele não me diz? Por que eu simplesmente não pergunto e pronto? Puta que o pariu, são só duas palavras, é só fechar os olhos e lançar uma pequena pergunta, e foda-se o mundo!

"Ei, galera, galera!", ele ergue subitamente a voz e agita os braços. A plateia — todos nós, na verdade — recua assustada, como se nos tirassem de um sonho, e então rimos, constrangidos. Ele tira do bolso o lenço vermelho e enxuga o suor, depois finge torcer o lenço com força enquanto assobia. Torce com força assobiando para si mesmo. "O que eu estava pensando", ele cantarola, "já notaram como o cérebro não para de funcionar nem por um instante, nem mesmo na sexta-feira e no sábado, nem mesmo nos feriados, até mesmo no Yom Kippur? Que merda de contrato de trabalho tem esse cérebro! *Como ele não pensou nisso?* Mas o que eu queria... Imaginem que haja um país no mundo no qual todo o sistema jurídico funcione assim: o juiz bate com seu martelo e diz: 'Que o réu se levante!'", ele se estica todo, desliza o olhar para mim, "'o tribunal o considera culpado de assalto à mão armada e o condena a um câncer na tireoide!'. Ou quem sabe: 'O tribunal de segunda instância o considera culpado de estupro e o condena à doença de Creutzfeldt-Jakob! Ou então: 'O tribunal registra que a acusação e a defesa fizeram um acordo, por isso em vez de Alzheimer o réu vai pegar apenas um AVC. E pela ocultação de provas receberá a síndrome do intestino irritável'."

O minúsculo público gargalha, e ele nos lança um olhar de soslaio: "Vocês sabem que no momento em que se pega uma doença, principalmente quando ela é dessas substanciosas, com potencial de desenvolvimento — ou melhor, de degradação —, imediatamente todo mundo com quem você encontra começa a provar que isso até que não é tão ruim. Muito pelo contrário! Todo mundo de repente conhece alguém que ouviu falar de alguém que vive há vinte anos com esclerose múltipla ou câncer, e com que qualidade de vida! Até melhorou! E ficam martelando tanto que aquilo é bom, incrível e maravilhoso que você começa a pensar como foi idiota de não ter conseguido há mais tempo essa esclerose múltipla! Que vida fantástica vocês poderiam ter tido! Que dupla maravilhosa!".

E com essas palavras ele irrompe num sapateado surpreendente, que termina num *"ta-dam!"*, os braços abertos e apoiado em um joelho, suor escorrendo abundantemente pelo rosto, e ninguém no público é capaz de aplaudir. As pessoas engolem em seco, olhando para ele com um olhar perplexo.

"Vamos lá! A viagem continua, atravessamos estradas, o pianista e este seu infiel criado — maldito seja, como sou infiel!" Ele tenta sair daquela posição de joelhos, mas só consegue na terceira tentativa. "Estamos com calor, o ar é muito seco, temos moscas nos olhos, na boca. Na verdade, eu retiro o que disse para vocês. Não lembro muito bem dessa viagem, quer dizer, não quando estou acordado. Só às vezes tenho uns relances, o vidro da janela e minha cabeça apoiada nele, tremendo. Ou o jeito como o motorista ficava o tempo todo cobrindo os dentes com os lábios. Ou o estofamento do meu assento que tinha um pequeno furo, em que eu enfiei o dedo durante quase todo o percurso, e da espuma macia, e como eu — podem rir! — não conhecia até então esse material, em casa os colchões eram de palha, e gostei da sensação da espuma. Durante toda a viagem sentia que era uma espécie de material mágico vindo de outro lugar, um material nobre que me protegia, e que se eu tirasse o dedo do furo tudo ia desmoronar de uma vez só. Essas bobagens se fixaram em mim desde então, e até hoje, à noite, nos meus sonhos, as lembranças dessa viagem voltam, e voltam inteiras, e o engraçado é que isso acontece quase toda noite. Pensem que coisa entediante: *Ei, projecionista! Por que nunca trocam este filme?* E então o motorista, sem olhar para mim, me diz de repente: 'Mas você ainda não me disse quem...'."

Dovale fixa em nós um olhar de espanto. Ele exagera um sorriso e tenta nos forçar a rir junto com ele. Ninguém no salão está sorrindo. Ele arregala ainda mais os olhos e pisca muito rápido. Seu rosto agora está como o de um bufão. Ele balança a cabeça para cima e para baixo algumas vezes, e diz em silêncio: "Não acharam graça? De verdade que não? Já não sou engraçado? Perdi isso de vez?". Sua cabeça cai sobre o peito e ele trava uma pequena conversa silenciosa consigo mesmo, gesticula e faz expressões exageradas.

E então se cala, não se mexe.

A mulher pequenina, de algum modo, sabe antes de nós o que está por vir. Ela se encolhe toda, cobre o rosto com as mãos. O soco voa tão rápido que eu quase não o vejo. Ouço o barulho dos dentes batendo, o rosto dele parece sair do pescoço por um instante. Os óculos voam.

Ele não muda de expressão. Só está ofegante por causa da dor. Com os dedos ele ergue os cantos da boca: "Nem assim é engraçado? Não?". O público está petrificado. Os dois jovens vestidos de motociclista estão sentados, a pele do rosto esticada e as orelhas espetadas, e me vem a ideia de que eles sabiam que este momento ia chegar, que foi para isso que vieram.

Ele começa a gritar: "*Não? Não e não e não?*". Ele dá um tapa no próprio rosto, nas costelas, na barriga. O espetáculo parece uma briga entre duas pessoas. No turbilhão de movimentos e caretas, eu identifico a expressão que passou por seu rosto mais de uma vez esta noite: ele se une com quem o ataca. Bate em si mesmo com mãos que não são as dele.

Essa tempestade humana continua por uns vinte segundos. Ele para, de repente. Seu corpo, imóvel, recua, se afasta de si mesmo com asco. Depois ele dá de ombros e vira para sair do palco pela mesma porta que havia entrado no começo da noite. Ele marcha como se fosse feito de papel, os joelhos erguidos, os cotovelos cortando o ar. No terceiro passo ele esmaga os óculos. Não se detém, apenas ajeita os ombros por um instante, mas logo está relaxado de novo. Está de costas para nós, mas posso imaginar a careta zombeteira dele por ter pisado nos óculos e o xingamento malévolo: "*Idiotinha*".

Percebo que ele está para sair do palco e vai nos abandonar com uma história interrompida. Meio corpo já sumiu na porta. Ele para. Metade ainda está aqui. Ele volta um pouco do rosto para nós, pisca na expectativa, num sorriso de súplica. Eu imediatamente me ajeito na cadeira e começo a rir em voz alta. Tenho consciência de que estão me ouvindo, mas mesmo assim me ponho a rir. Algumas risadas se juntam a mim, fracas, assustadas, mas são o suficiente para fazê-lo voltar.

Ele vem até nós saltitando alegremente, como uma garota num campo de flores, e se inclina para pegar os óculos despedaçados, acomodando-os sobre o nariz. Os óculos mais parecem o símbolo de porcentagem. Dois fios de sangue descem do nariz até a boca e mancham sua camisa. "Agora eu não enxergo vocês nem a um metro de distância, sério!", ele está radiante. "Para mim vocês são manchas escuras, podem ir embora e eu nem vou saber."

E como eu tinha adivinhado, como ele mesmo esperava, um grupo de quatro pessoas levanta e sai. É possível ver seus rostos estarrecidos, e logo depois saem mais três casais. Fazem isso apressadamente, sem olhar para trás. Dovale dá um passo em direção ao quadro-negro, mas com um gesto desiste.

"A estrada voa!", ele grita, como se sua voz tentasse alcançar os fujões. "O motorista está tão nervoso que seu rosto é todo tomado por tiques, pisca com o corpo inteiro, batendo com a mão no volante: 'Me diz pelo menos se foi o pai ou a mãe?'

"Eu não digo nada. Nada. Continuamos a viagem. A estrada está cheia de buracos. Eu não sei onde estamos nem quanto falta. A janela fica batendo na minha orelha, o sol queima meu rosto. É difícil manter os olhos abertos. Fecho uma vez um olho, depois o outro. E a cada vez o mundo parece diferente. Depois eu busco toda a força que não tenho por um instante e respondo: 'Você não sabe?'

"'*Eu?*', o pobre piadista grita, quase perde o controle do carro. 'E como que eu iria saber?'

"'Você estava na sala com eles.'

"'Não quando eles disseram... e depois começaram a brigar comigo...'

"Continuamos a viagem. Começo a respirar. O motorista não sabe. Pelo menos ele não escondeu de mim. Fico olhando de lado para ele e de repente ele até parece ser um sujeito legal. Um pouco ferrado, mas legal. Ele se esforça para me fazer rir, vai ver ele também está estressado com a viagem, e comigo.

Quero dizer, ele não sabe como vai ser minha reação, eu mesmo não sei.

"E aí começo a pensar que agora eu preciso mesmo esperar até Beer Sheva. Quem for me buscar com certeza vai saber. Alguém deve ter contado. Penso se vale a pena perguntar quanto falta até Beer Sheva. Também estou ficando com fome. Não comi nada desde de manhã. Recosto a cabeça e fecho os olhos. Assim consigo respirar um pouco. Tenho mais tempo: até que em Beer Sheva me contem, posso fingir que não aconteceu nada e tudo continua do mesmo jeito que quando saí de casa. Agora estou viajando à toa num veículo do Exército para Beer Sheva com um motorista que me conta piadas. E por quê? Porque é isso que eu quero. Porque exatamente hoje tem uma competição de piadas no Comando, e estou doido para estar lá."

Lá fora, em algum lugar da zona industrial, um alarme dispara. Uma garçonete escolhe uma das mesas abandonadas para sentar, olhando para Dovale. Ele lança um sorriso cansado: "Olhem só para ela, que simpática! O que é que aconteceu com vocês de novo? Ioav não vai me pagar se vocês saírem daqui com essa cara. O que foi, alguém morreu? É só um show de stand-up! É verdade que ele tomou uma rota *alternativa* com essa história dos tempos da Gadna, e lá se vão muitos anos, lá se vão quarenta e três anos, galera! Tudo bem que essas histórias prescrevem, e aquele menino já não está com a gente há muito tempo. Foi embora, me reabilitei dele! Vamos, sorriam um pouco, pensem em mim também. Em meu emprego. Na pensão alimentícia que eu pago. Onde está a galera que estuda direito?", ele coloca a mão sobre os óculos tortos, mas aquele grupo já tinha ido há muito tempo. "Está bem", ele resmunga, "não é nenhuma tragédia. Vai ver eles tinham um julgamento para ir. Aliás, você conhecem o termo em latim para "pensão alimentícia"? Traduzindo para o hebraico é *o método de amputar os testículos do homem por meio de sua carteira*. Poderoso, hein? Poético. Sim, riam... eu estou chorando... Para algumas mulheres a gravidez não vinga, já comigo é o casamento que não vinga. Eu quero, mas não vinga. Toda vez é a mesma história. Faço promessas, faço juras, e toda vez faço as mesmas besteiras. E aí começam a bagunça, as discussões de partilha, os acordos para ver os filhos... Vocês conhecem aquela do coelho e da serpente que caíram juntos num buraco? Conhecem? Também não conhecem essa? Onde é que vocês vivem, hein? Bom, a serpente apalpa o coelho e diz: 'Você tem pelo macio, orelhas compridas e dentes salientes: você é um coelho!'. O coelho apalpa de volta e diz: 'Você tem uma língua comprida e bifurcada, você se arrasta e é escorregadia: você é um advogado!'."

Ele interrompe nosso riso frouxo e ergue a mão com um dedo em riste: "Aí vai uma pergunta, um pouco de zen-dovismo para vocês: se um homem está sozinho na floresta, sem ninguém por perto, mesmo assim ele é culpado?".

As mulheres gargalham. Os homens soltam risadinhas.

"O motorista começa a bater no volante: 'Como é que pode', ele grita, 'como é que não te disseram nada? Como não disseram?'. Eu fico calado. 'Que otários!', ele diz, acende um cigarro com as mãos tremendo, me lança um olhar torto: 'Quer?'. Eu puxo um do maço, como se fosse adulto. Ele acende para mim com um isqueiro. Meu primeiro cigarro de verdade. É um Time, a marca que toda a garotada fumava. No acampamento, não tinham me deixado fumar: 'Você ainda é criança'. Passavam os cigarros sobre minha cabeça. Até as garotas faziam isso. E eis aqui um motorista acendendo um pra mim, com um isqueiro que tem uma mulher que tira e coloca a roupa. Eu aspiro, tusso, arde, é bom. Tomara que queime tudo. Que queime todo o mundo.

"Viajamos. Fumamos. Em silêncio, como homens. Se meu

pai me visse assim ia me dar um tabefe na hora. Então agora é a vez dela, rápido, não importa o quê. Pense em como é o rosto dela quando ela desce da condução da Taas no fim da tarde, como se tivesse trabalhado o dia inteiro com o anjo da morte, o dia inteiro assim, não se acostuma, e só depois de tomar um banho e de tirar o cheiro das balas é que ela volta a ser gente. Então ela senta na poltrona e eu faço o meu show. "O espetáculo diário", é como chamamos. Esse espetáculo que eu planejo todo dia no caminho para a escola e durante as aulas e depois da escola. Um espetáculo especial para ela, com personagens, uniformes, chapéus, cachecóis, roupas que eu surrupio dos varais dos vizinhos, ou coisas que acho na rua, afinal sou filho do meu pai.

"E já começa a escurecer, mas eu e ela não precisamos de luz, basta a luzinha vermelha do boiler. Ela fica melhor no escuro, é o que ela diz. E realmente seus olhos ficam ainda maiores no escuro, não tem nada igual. Como dois peixes azuis à luz do boiler. Quando veem minha mãe na rua com lenço e botas e a cabeça abaixada, não sabem como ela é bonita. Mas dentro de casa ela é a mais bonita do mundo. Eu fazia para ela esquetes e imitações. Fazendo de conta que a vassoura era um microfone, eu cantava "Sinal de que você é jovem" e "Minha amada de pescoço alvo" e "Ele não sabia o nome dela", uma apresentação completa toda noite, e foi assim durante anos, dia após dia, e ele não sabia disso, nunca flagrou a gente. Às vezes entrava em casa um segundo depois de acabar, cheirava algo no ar que ele não sabia o que era, ficava balançando a cabeça para nós como se fosse um velho professor, mas era só isso, não mais do que isso, ele nem poderia imaginar como ela era quando olhava para mim."

Ele se curva para a frente, se inclina, como se estivesse rondando a história com o próprio corpo.

"E eu começo a sentir que talvez não seja legal eu ficar pensando nela durante tanto tempo seguido, mas por outro lado não quero interromper no meio, com medo de enfraquecer a minha mãe. Ela já parece tão fraca. Mas logo vai chegar a vez dele. É preciso ter um equilíbrio. Cada um milimetricamente igual ao outro. Ela ficava sentada com os pés no banquinho, de roupão branco e uma toalha branca enrolada na cabeça. Ela parecia uma princesa, como Grace Kelly, a princesa de Mônaco." De repente ele se dirige a nós numa voz diferente: a voz resolvida de alguém que simplesmente está falando com a gente: "Olhem, talvez fosse só uma hora por dia, o tempo que eu tinha sozinho com ela até ele voltar para casa; ou talvez até menos de uma hora, talvez uns quinze minutos, vai saber, quando a gente é menino o tempo passa diferente. Mas esses eram os meus melhores momentos com ela, então quem sabe eu tenha aumentado um pouco...", ele dá um risinho. "Eu fazia para ela esquetes clássicos israelenses, e ela ficava sentada fumando, assim, com o sorriso dela dirigido em parte para mim e em parte para o vazio, e eu nem sabia o quanto ela poderia entender do meu hebraico, dos sotaques e das gírias, com certeza ela não entendia a maior parte, mas toda tarde, durante três ou quatro anos, talvez cinco, ela ficava sentada me olhando, sorrindo, ninguém além de mim via minha mãe sorrir assim, eu garanto até que de repente ela ficava de saco cheio, no meio de uma palavra, não importa em que parte eu estivesse, na pontinha da pontinha da *punchline*, eu via isso chegando, me tornei um especialista. Os olhos começavam a escapar para dentro dela, os lábios começavam a tremer, a boca entortava para um lado, e eu acelerava para a *punchline*, tentando chegar antes dela, eu começava uma corrida contra o tempo, vendo o rosto dela se fechando bem diante dos meus olhos, e pronto, acabou. Era o fim. Ainda tenho cachecóis na cabeça, a vassoura na mão, fico me sentindo um idiota, um palhaço, e ela já arranca a toalha da cabeça, apaga o cigarro: 'O que vai ser de você?', ela grita. 'Vai fazer o dever de casa, vai brincar com seus amigos...'"

Ele precisa de três voltas pelo palco para recobrar o fôlego, e nesse momento, eu sem perceber me afundo numa dor repentina que não é daqui. Se eu ao menos tivesse um filho dela, penso pela milésima vez. Mas desta vez isso me apunhala num lugar novo, em algum órgão que eu não conhecia. Um filho que me faria lembrar dela mesmo que fosse por um pequeno detalhe, uma curva do rosto, um movimento da boca. Não mais do que isso. Juro que não ia precisar de mais do que isso.

"Vamos despertar! Onde estávamos?", ele grita numa voz rouca. "Onde eu estava? Vamos lá! Vamos pôr a mão na massa, Dovale! Já vimos Beer Ora, o motorista, o cigarro, meu pai, minha mãe... O carro está voando na estrada, o velocímetro marca cento e vinte, cento e trinta, o chassi começa a tremer, o motorista não para de bater a mão no volante, nervoso, e de balançar a cabeça. A cada meio minuto ele me lança um olhar torto, como se eu... Como se eu tivesse alguma, não sei, alguma doença...

"E eu, nada. Eu fumo. Inalo com força a fumaça, queimando o cérebro, todos os pensamentos, e por outro lado, se estou fumando, posso pensar neles sem pensar de verdade, porque ela também fuma, e ele também, ela de tarde e ele de manhã, e basta esse pensamento para se misturar em mim de uma só vez a fumaça dos dois, a cabeça cheia de fumaça, como se tivesse um incêndio, e eu jogo o cigarro pela janela, e estou sem ar, estou sem ar."

Ele passeia distraído pelo palco, abanando o rosto. Há momentos em que parece que ele retira força dessa história. E logo depois sinto que a história suga toda a vitalidade que há nele. E não sei se há uma ligação, mas talvez por causa de como ele se mexe com essa história algo em mim começa a despertar, uma ideia: que talvez eu deva escrever para ele, resumindo por tópicos o andamento desta noite. Simplesmente vou me sentar em casa com os guardanapos rabiscados e tentarei escrever de maneira organizada o que aconteceu aqui.

Para que ele tenha o registro. Como lembrança.

"E de repente ele para o carro, o piadista. Não pensem que foi com uma freada suave, e sim com uma cantada de pneus que parecia um piloto de fuga", ele nos faz uma demonstração, joga-se para a frente e cai, com a boca aberta: "Steve McQueen em *Bullitt*! Bonnie e Clyde! E vai para o acostamento — que acostamento que nada! Não tinha acostamento! Estou falando de quarenta e três anos atrás, mal tinham inventado a estrada, as pessoas ainda aplaudiam acidentes, pediam bis! *Bum!* O carro dá um salto, nós dois voamos, e lá tem uma dessas lonas presas com ferro, a gente bate com a cabeça, grita, os dentes se chocam, a boca enche de areia, e no fim, quando o carro para, o motorista bate a cabeça na buzina — a testa ali, pressionando. Estou falando, ele ficou talvez meio minuto assim, a buzina rasgando o deserto. E depois ele levanta a cabeça e bate com o punho no volante, com toda a força, e fico com muito medo de que ele acabe despedaçando a direção. Então ele diz: 'O que você acha de a gente voltar?'

"'Como assim voltar', eu respondo, 'eu tenho de chegar em Jerusalém.'

"'Mas não está certo que você...', ele começa a gaguejar, 'Isso é contra a... Não sei... Até mesmo contra Deus, contra a Torá, não está certo, não pode ir assim, isso me faz mal, juro, me deixa doente...'

"'Continue dirigindo', eu digo, como se minha voz já tivesse mudado, 'em Beer Sheva vão contar pra gente.'

"'Vão contar coisa nenhuma!', ele cospe pela janela. 'Já manjei esses caras, são todos uns covardes, cada um vai encarregar o outro de te dizer.'

"O motorista desce para mijar. Eu fico no carro. De repente estou sozinho. Primeiro momento que estou assim, só comigo mesmo, desde que a sargenta me deixou em frente ao barracão do comandante. E logo eu vejo — estar sozinho agora não me faz bem. Me constrange. Abro a porta e salto para mijar do outro lado do veículo. Fico ali e num segundo meu pai pula para dentro da minha cabeça, se mete ali, ele faz isso melhor do que ela — o que isso quer dizer e por que ela está ficando mais fraca? Eu trago ela à força, e ele vem com ela, vem atrás dela, não me deixa ficar sozinho com ela um instante. Que merda! Penso nela com força, quero ver minha mãe boa, e em vez disso o que é que me vem? Como ela fica pálida quando anunciam no rádio que as forças israelenses mataram um terrorista, ou que nosso Exército acabou com um grupo inteiro. E ela vai logo para a banheira. Mesmo que tenha tomado banho antes, começa tudo de novo, e fica lá por uma hora talvez, esfregando a pele dos braços, esvaziando todo o nosso boiler, e meu pai fica nervoso com ela, anda pelo corredor numa fúria mortal. *Pshhh! Pshhh!* Por causa da água e também porque ela não apoia nosso Exército. Mas quando ela sai ele não diz uma só palavra, nem uminha! E olha aí, pensei nele de novo, ele não me deixa ficar um segundo sozinho com ela."

Ele caminha pelo palco, pensativo. Tenho a impressão de que suas pernas estão um pouco trôpegas. O jarro de cobre atrás dele capta seu reflexo seguidas vezes, sempre mais rápido, de maneira febril.

"Minha cabeça está a mil. O que vai acontecer, como vão ser as coisas, o que vai acontecer comigo, quem vai cuidar de mim. Só como exemplo, quando eu tinha cinco anos ele começou a me ensinar futebol, já contei para vocês, não a jogar, vocês iam fazer ele rir, jogar não era com ele, mas ele me ensinou os fatos, as regras, os resultados da Copa do Mundo e da Copa do Estado de Israel, e campeonatos, e nomes dos jogadores da Liga Nacional, e depois as seleções da Inglaterra, do Brasil e da

Argentina, e da Hungria, é claro, e do mundo inteiro, menos da Alemanha, dá para entender, e da Espanha, por causa da Expulsão, que ele ainda não tinha perdoado direito. Às vezes, quando estou fazendo a lição de casa e ele está serrando trapos, ele de repente me manda: 'França! Mundial de 58!'. E eu: 'Fontaine, Jonquet, Roger Marche!'. E ele: 'Suécia!'. E eu: 'Que ano?'. E ele: '58 também!'. E eu: 'Liedholm! Simonsson!'. Era assim com ele! Entendam, o sujeito nunca tinha ido a um jogo na vida, ele achava isso perda de tempo. Por que tinham de jogar noventa minutos? Por que não vinte? Por que o jogo não acaba com o primeiro gol? Mas ele meteu na cabeça que eu era pequeno e meu corpo era fraco, e que se eu tivesse conhecimentos sobre futebol os meninos iam me respeitar, cuidar de mim, não iam me bater muito. É assim que funcionava a cabeça dele, sempre com um pequeno interesse por trás, uma carta na manga, até o fim não dava para saber o que ele achava de você — ele está do seu lado? Contra você? E acho que também foi assim que ele me educou, para acreditar que no fim cada um cuida de si mesmo, esse era o lema dele na vida, a essência do legado que papi transmitiu pro filhinho.

"Do que falávamos, Netanya? O que mais eu lembro? Claro, lembro bastante, só agora vejo o quanto me lembro, eu lembro demais. Por exemplo, depois que acabei de mijar eu fiz como ele me ensinou: "Sacode uma vez, sacode duas vezes", e me veio o pensamento de que muitas vezes ele me ensinou coisinhas pequenas, sem alarde, como consertar uma persiana e fazer furos na parede e limpar o forno e desentupir o ralo e preparar os fios de um fusível, e também pensei que às vezes eu sinto que ele está doido para falar comigo, não só sobre futebol, que não lhe interessa, mas sobre outros assuntos entre pai e filho, tipo as lembranças da infância dele, coisas assim, ou ideias, ou simplesmente chegar e dar um abraço, mas ele não sabe como, ou se envergonha, ou talvez sinta que me deixou demais por conta da minha mãe e agora é difícil mudar isso, e eis aí que de novo estou pensando nele e não nela, e minha cabeça começou a girar com toda essa confusão, foi com dificuldade que voltei para o carro.

"Boa noite, Netanya!", ele proclama como se tivesse entrado no palco só agora, mas com a voz cansada e rouca. "Vocês ainda estão comigo? Vocês talvez se lembrem — quem aqui é velho o bastante para lembrar? — de que quando éramos crianças tinha um brinquedo chamado View-Master? Um pequeno aparelho com slides, apertávamos um botão e as imagens iam passando? É ainda da época do cinema mudo", ele ri, "era assim que assistíamos *Pinóquio, A Bela Adormecida, O gato de botas.*"

Só duas pessoas de toda a plateia sorriem — a mulher alta de cabelo prateado e eu. Nossos olhares se cruzam por um instante. Ela tem feições delicadas e óculos muito finos. O cabelo é cortado bem curto.

"Então, é desse jeito que vocês estão me vendo agora. Eu e o motorista no veículo, *click*. Em volta, o deserto, *click*. Uma vez a cada meia hora passa por nós um veículo militar em direção contrária, e então tem aquele zoom quando um cruza com o outro, *click*."

Um quinteto de rapazes e moças sentado perto do palco olha um para o outro, levanta-se e sai. Não dizem nenhuma palavra. Não sei por que ficaram até agora, e o que os fez sair exatamente neste momento. Dovale vai até o quadro-negro e fica ali. Tenho a impressão de que este abandono o magoa mais do que os outros. Com os ombros encolhidos ele começa a traçar: linha, linha, linha, linha, linha.

E eis que, já na porta, a moça que não está acompanhada para, e, apesar de seus amigos tentarem convencê-la, ela se despede deles, volta e senta à mesa que havia sido abandonada. O diretor do salão faz sinal à garçonete para que a sirva. Ela pede um copo d'água. Dovale se apressa em voltar para o quadro-negro a passos de camelo — uma centelha de Groucho Marx — e muito compenetrado apaga uma linha, enquanto vira a cabeça para trás e dá um largo sorriso para ela.

"E de repente, sem pensar, eu lanço para o motorista: 'Conte uma piada'. E o corpo dele inteiro se contorce como se eu tivesse lhe dado um soco. 'Você pirou?', ele grita para mim. 'Como contar uma piada agora?' 'O que te importa?', eu respondo, 'Uma piada só'. 'Não, não, agora não posso', ele me diz. 'E por que antes sim?' 'Antes eu não sabia, agora eu sei.' Ele nem olha para mim. Tem medo de me encarar. Como se tivesse medo de se contaminar comigo. 'Me deixe', ele diz, 'minha cabeça já está explodindo com o que você disse antes.' 'Me faça esse favor', eu respondo, 'uma piada de loura, não vai acontecer nada, só estamos nós dois no carro, ninguém vai saber.' 'Não', ele me diz, 'por Deus, não consigo.'

"Bom, se ele não consegue, ele não consegue. Eu o deixo em paz. Encosto a cabeça na janela, tento desligar meu cérebro por completo. *Drrr*, não pensar, não ser, não nada, não tem ela, não tem ele, não tem órfão. Que nada, assim que fecho os olhos ele salta sobre mim, meu pai, e de repente é um soldado, um comando, não espera nem um segundo. Na manhã de sexta-feira, quando minha mãe trabalhava no turno da madrugada, ele me acordava cedo e saíamos para o jardim... Já contei isso para vocês? Não? Era um jardim só nosso, atrás do prédio, bem pequeno, um metro quadrado. Todas as nossas verduras vinham dali. Ficávamos sentados, embrulhados num cobertor, ele com café e cigarro e pelos pretos que lhe despontam no rosto, e eu ainda meio dormindo e quase me apoiando nele, como se não percebesse, e ele molhando para mim biscoitos no café, me dando na boca, e em volta o silêncio é total. Todo o prédio estava dormindo, ninguém se mexia nos apartamentos, e nós dois também quase não falávamos."

Ele ergue um dedo no ar, para que possamos ouvir o silêncio.

"E ele, a essa hora da manhã, ainda não tinha no corpo tanta energia, então ficávamos olhando para os primeiros passarinhos e para as borboletas e para os besouros. Esfarelávamos biscoitos para os passarinhos. Ele também sabia assobiar igual a um passarinho, ninguém acreditaria que é um homem assobiando.

"De repente ouço o motorista falar. 'Um navio está afundando e só um dos passageiros consegue saltar para o mar e nadar. Nada, se afoga e nada. Quando suas forças estão acabando ele chega a uma ilha e vê que junto vieram um cachorro e uma cabra.'

"Eu abro meio olho. O motorista fala sem mexer a boca, quase não dá para entender o que ele diz. 'Passa uma semana, passam duas, a ilha está vazia, não tem ninguém, nem gente nem bicho, só o rapaz e a cabra e o cachorro.' Parece que o motorista está contando uma piada, mas a voz dele não é de piada. O sujeito está falando como se toda a sua boca fosse uma contração muscular.

"'Depois de um mês o rapaz está na ilha com um tesão enorme. Olha para a direita, olha para a esquerda, não tem mulher à vista, só a cabra. Depois de mais uma semana, ele não aguenta mais, está quase explodindo.'

"E eu começo a pensar comigo mesmo: preste atenção, este motorista está te contando uma piada indecente. O que está acontecendo? Abro mais meio olho. O piadista está todo encurvado sobre o volante, a cara colada no para-brisa, completamente sério. Fecho os olhos. Tem algo ali que eu preciso entender, mas quem tem força para entender? Então eu só desenho na minha imaginação a ilha com o rapaz e a cabra e o cachorro, planto lá uma palmeira legal, arranjo para eles uns cocos, uma rede. Uma espreguiçadeira. Frescobol.

'"Depois de mais uma semana o rapaz já não se segura mais, vai até a cabra, tira a coisa para fora, e de repente o cachorro ataca, *grrr!*, como se dizendo: "Ei, você aí! Não se aproxime da cabra!". Bem, o rapaz se assusta, recolhe a coisa dele e pensa: "À noite o cachorro vai dormir e eu vou agir". Anoitece, o cachorro está roncando, e sem fazer barulho ele se arrasta para perto da cabra. Mal deu tempo de montar nela, o cachorro se atira como uma pantera, latindo, os olhos vermelhos, os dentes como facas, e então o rapaz, coitado, vai dormir com uma dor nos testículos que vai até os cílios."'

Dovale fala, e eu passo os olhos pela plateia. Pelas mulheres. Olho para a mulher alta. Seu cabelo cortado muito curto é como um halo em volta de sua bela e esculpida cabeça. Três anos. Desde que Tamara adoeceu. Apatia total. Fico pensando se as mulheres são capazes de sentir o que está acontecendo comigo, e se esta é a razão pela qual já faz muito tempo que quase não capto nenhum sinal de nenhuma delas.

"Vocês precisam entender que eu nunca tinha visto alguém contar piada daquele jeito. Empurrando para fora cada palavra. Parecia que, Deus me livre, se faltasse uma palavra, ou mesmo só uma letra, toda a piada seria anulada, assim como anulariam para sempre a licença do cara para contar piadas."

E Dovale imita palavra por palavra o motorista, com o corpo quase deitado sobre o volante, de modo que o personagem paira agora bem à nossa frente. "'E assim continua mais um dia, mais uma semana, mais um mês. Cada vez que o rapaz começava a se aproximar da cabra, o cachorro logo fazia *grrr!*'"

Aqui e ali alguns sorrisos. A mulher pequenina solta umas risadinhas escondendo a boca com a mão. "*Grrr!*", Dovale faz para ela, só para ela, uma variação do "*Drrr!*" anterior. Ela se deleita. Gargalha como se estivessem fazendo cócegas. Ele olha para ela com suavidade.

"'Um dia, o rapaz está sentado e desesperançado em frente ao mar, e de repente vê fumaça ao longe, mais um navio que afunda! E do navio salta uma loura completamente equipada, tudo no lugar, com material suficiente para ele trabalhar. O rapaz não pensa um minuto sequer, se joga na água, nada, nada, e chega até a loura. Ela está quase se afogando, ele a agarra, arrasta-a até a ilha e a deita na areia. A loura abre os olhos, linda como um sonho, como uma modelo, e diz pra ele: "Meu herói, *my hero*, sou toda sua, pode fazer comigo o que quiser".

"'Então o rapaz olha em volta com cuidado e diz baixinho na orelha dela: "Diga-me, senhora, pode segurar o cachorro por um instante?".'

"E eu — preste atenção, Netanya!", ele nem dá tempo de a gente rir direito, algo que precisávamos de verdade. "Eu de repente comecei a rir tanto, eu quase gritava lá no carro de tanto sei lá o quê, de tanto que meu raciocínio já estava ferrado com toda aquela situação, ou então porque durante dois minutos e meio eu não tinha pensado no que me esperava. Talvez também porque alguém mais velho do que eu tinha me contado uma piada de adulto, tinha me dado o crédito de que eu já sabia dessas coisas. E por outro lado comecei a ficar confuso: será que isso queria dizer que o motorista achava que eu já era adulto? Vai ver eu não queria ficar adulto tão rápido assim.

"Mas o principal é que eu ri até saírem lágrimas dos meus olhos, juro, finalmente elas saíram! E eu esperava que isso também fosse levado em consideração. E nessa bagunça toda eu comecei a sentir que até me fazia bem pensar na loura que quase se afogou, e no cachorro e na cabra, e que agora eu via eles na minha frente com a rede e os cocos, ao invés de alguém que eu conhecia.

"E o motorista, vi que ele ficou um pouco nervoso por eu estar rindo como um louco, talvez com medo de que eu tivesse perdido as estribeiras, mas por outro lado ele também estava contente por eu rir da piada dele, e logo se endireitou no banco e passou a língua nos dentes, ele tinha esse tique, ele era cheio de tiques, até hoje eu penso nele algumas vezes, como ajeitava o tempo todo os óculos escuros na testa, ou como pressionava o nariz com dois dedos, para deixá-lo menor... 'Ben-Gurion, Nasser e Khruschóv estão em um avião', ele me diz depressa, antes que eu esfrie, 'de repente o piloto avisa pelo alto-falante que o combustível acabou e que só há um paraquedas...'

"Como posso dizer? Ele era uma enciclopédia de piadas. Era o que ele realmente sabia fazer, com certeza melhor do que dirigir, mas para mim o que importava era que continuasse assim até Beer Sheva. Lá iam me contar, não era possível que não, lá ia começar de verdade minha orfandade, mas até Beer Sheva estou num intervalo, como se tivesse recebido clemência, ou era assim que eu sentia, como se tivessem adiado por alguns minutos a minha execução."

E Dovale levanta a cabeça e olha demoradamente para mim, assentindo. E eu me lembro de como ele recuou, até ficou chocado, quando lhe perguntei, ao telefone, se ele estava pedindo que eu o julgasse.

"E ao motorista também convinha continuar com as piadas, pela pressão que sentia por minha causa e talvez porque queria me fazer bem, então, por um motivo ou por outro, a partir daquele momento ele não parou nem para respirar, acendia uma piada na outra, me enchia de piadas, e para dizer a verdade eu não me lembro da maior parte delas, mas algumas fixaram e permaneceram, e a galera que está sentada no bar — Alô, galera! Vocês são de Rosh Ha'ain, certo? Desculpem, é claro, de Petah Tikva, com todo o respeito! — é uma turma que me acompanha há pelo menos quinze anos. Um brinde, *muchachos*! E eles sabem que essas são as duas ou três piadas que eu dou um jeito de contar em toda apresentação, precisando ou não, então agora vocês sabem de onde elas vêm, como aquela do sujeito que tinha um papagaio que não parava de xingar... Aliás, ouçam esta, vocês vão gostar desta! Desde que abria os olhos de manhã até a hora de dormir, ele xingava com os palavrões mais...

"O que foi?", ele morde os lábios. "Eu fiz besteira? Não, um momento, não me digam que já contei essa piada esta noite?"

As pessoas ficam imóveis, os olhos vidrados.

"Você já contou sobre esse papagaio", diz a médium sem olhar para ele.

"Este é outro papagaio...", ele murmura. "Ah, peguei vocês! Às vezes eu testo o público assim, é um teste de atenção, e vocês passaram bem no teste, são um público excepcional", ele declara com um sorriso que mais parecia uma careta, com as feições caídas, aterrorizadas. "Onde eu estava?"

"Com aquele piadista", diz a mulher pequena.

"São os remédios", ele responde, e dá um belo gole da garrafa térmica.

"Efeitos colaterais", ela diz, ainda sem olhar para ele. "Eu também tenho."

"Preste atenção, Pitz", ele diz. "Prestem atenção, já vou terminar, fiquem só mais um pouco comigo, o.k.? O motorista vai triturando piadas e gargalhando sozinho, e a minha cabeça está uma bagunça. O padre, o rabino e a prostituta, e o bode cantor que vive na barriga do *mohel*, que trocou por engano a mochila dele com a do lenhador, e também o papagaio — estou falando do *outro papagaio* — e tudo isso junto com a loucura daquele dia; e pelo visto em alguma etapa eu adormeci.

"E quando acordo, o que vejo? Que estamos parados num lugar que com certeza não é a estação central de ônibus de Beer Sheva. Só um quintal com galinhas andando pra cá e pra lá, cachorros se coçando, pombos numa gaiola, e do lado do caminhão tem uma mulher magra com um monte de cachos negros, e ela está segurando um bebê magrinho de fralda. Está bem na minha janela olhando para mim como se estivesse vendo um bicho com duas cabeças. E a primeira coisa que penso é: O que essa aí tem no rosto? O que está pintado aí? E então vejo que são lágrimas, e nela também as lágrimas escorrem em linha reta e sem parar, e o motorista está ao lado dela com um sanduíche na boca, me diz: Bom dia, flor do dia! Esta é minha irmã mais velha, ela vem com a gente. Imagine que ela ainda não foi ao Muro das Lamentações! Mas antes vamos te levar onde você precisa ir, não se preocupe.

"Onde estou, quem sou, que história é essa de Muro agora? Onde está Beer Sheva? Como chegamos aqui? E o motorista ri: 'Você apagou metade do caminho, fiz você dormir bonitinho com piadas'. E a garota diz: 'Não acredito que você enlouqueceu o menino com suas piadas sem graça, seu imbecil! Você não se envergonha de contar piadas na situação dele?'.

"Mesmo chorando ela tem uma voz decidida, irritada. E o motorista fala para ela: 'Até quando ele já estava dormindo eu continuei contando, não deixei ele nem um minuto sem piada. Foi tipo uma guarda pessoal. Vamos lá, entra logo. Já passamos faz tempo por Beer Sheva', ele me diz, 'não vou te deixar viajar sozinho. Você entrou no meu coração. Vou te levar até em casa como se fosse um táxi especial'. 'Mas agora, faça o favor, sem piadas', diz a irmã dele, 'e não olhem, preciso dar de mamar ao bebê, e vire para lá esse espelho também, pervertido!' Ela lhe dá um tapinha por trás, e eu fico lá sentado como um bobo, pensando: O que é isso? É como se não estivessem permitindo que eu começasse a minha orfandade, toda hora eles adiam ela mais um pouco, e se isso for um sinal para que eu faça algo, fazer o quê?"

Ele vai devagar até a poltrona vermelha e senta-se na ponta.

Dá para ver que por trás dos óculos quebrados ele está olhando para si mesmo. Eu o observo, observo o salão. Ficaram talvez umas quinze pessoas. Algumas o encaram com um olhar ao mesmo tempo mortiço e aguçado, como se enxergassem através dele para um outro tempo. Difícil enganar-se quanto a esse olhar, elas o conhecem muito bem, ou o viram de perto alguma vez. Eu me pergunto como souberam que era para vir esta noite. Será que ele telefonou para cada uma delas convidando? Ou elas sempre vão às apresentações dele quando estão nas redondezas?

Percebo que falta alguma coisa no quadro geral. A mesa dos dois jovens motociclistas está vazia. Não vi quando foram embora. Meu palpite é que eles pensaram que nada poderia ir além depois daquela tempestade de tabefes.

"Então eu estou sentado na frente e enfio minha cara pela janela. Morto de medo de olhar para trás sem querer. Pelo menos ela se sentou atrás… Quero dizer, tem essa moda agora de as mulheres amamentarem em qualquer lugar… Quero dizer, não é nada engraçado, você está lá com uma garota, ela parece ser normal, *normativa*, como se diz, e ela está segurando o bebê dela, e não importa que ele pareça ter oito anos, que já tenha barba…"

Sua voz é oca, desprovida de qualquer tonalidade.

"… e você e ela estão conversando sobre coisas do cotidiano, digamos que sobre física quântica, e ela de repente, sem pestanejar, saca da cintura um seio! Um seio de verdade! Direto da fábrica! E enfia o seio na boca do bebê e continua a falar com você sobre o acelerador de partículas eletromagnético na Suíça…"

Ele está se despedindo. Estou sentindo isso. Ele sabe que é a última vez que conta essas piadas. A garota que voltou tem a cabeça apoiada na mão e os olhos opacos. Qual será a história dela? Será que foi com ele até em casa depois de uma apresentação? Ou talvez seja sua filha, um de seus cinco filhos, e é a primeira vez que ouve a história dele?

E os dois motociclistas de preto, de repente me vem essa ideia espantosa: será que eles também têm alguma ligação com ele?

Lembro de algo que ele me contou antes: que jogava xadrez com pessoas com as quais cruzava na rua. Cada uma delas tinha uma função e não sabia. Que espécie de jogo de xadrez complicado, simultâneo, ele está jogando conosco aqui esta noite?

"E a irmã dele continua amamentando o bebê, e ao mesmo tempo eu ouço ela remexer a bolsa e dizer para mim: 'Com certeza você não comeu nada hoje, me dê sua mão, menino'. Eu estendo minha mão para trás e ela coloca ali um sanduíche embrulhado e um ovo cozido descascado e ainda um pedaço de jornal dobrado com um pouco de sal para o ovo. Por mais que pareça uma pessoa dura, a mão dela é muito macia. 'Coma', ela me diz, 'como eles mandaram você assim, sem nada para pôr na boca?'

"Eu ataco o sanduíche, ele vem com uma salsicha grossa e boa, e um molho de tomate que queima a minha boca, e isso é bom, me anima na mesma hora, me faz voltar ao jogo. Ponho sal no ovo e engulo em duas dentadas. Ela, sem dizer nada, me passa um biscoito salgado e tira da bolsa uma garrafa tamanho família, ela é uma Mary Poppins, juro, e me dá um copo de suco de laranja. Não entendo como ela consegue fazer tudo com uma mão só, e entendo ainda menos como pode alimentar o bebê e a mim ao mesmo tempo. 'Os biscoitos são um pouco secos', ela diz, 'molhe no suco.' Eu faço tudo que ela me pede."

A voz de Dovale... O que houve com a voz dele? É difícil entender as palavras, mas nos últimos minutos a voz ficou fina e trêmula, quase a voz de um menino.

"Também o motorista, o irmão dela, estende a mão para trás e ela dá pra ele um biscoito, e ele estende a mão de novo, e mais uma vez. Eu sinto que ele está fazendo isso para me fazer rir, já que ela não permite que ele me conte piadas. Continuamos a viagem, em silêncio. 'Zero biscoitos', ela fala para ele, 'você acabou com todos, deixe um pouco para ele'. Mas ele não retira a mão, e ainda pisca para mim com a boca cheia, e ela dá um tapinha na nuca dele. Ele grita 'Ai' e ri. Meu pai me dá esse tapinha quando acaba de cortar meu cabelo, e eu estou esperando por isso com um pouco de medo. Uma pancadinha que arde, ainda por cima depois do algodão com álcool. Ele faz isso com a ponta dos dedos, e então me diz pertinho do ouvido para que os outros clientes não escutem: 'Belo corte, *mein leben*, minha vida'. E agora é a vez *dela*. Coisas boas dela. Mas qual é a melhor coisa para pensar sobre ela agora? O que vai ajudar mais? De repente tenho medo de pensar nela. Não sei, para mim ela ficou sem cor. O que estou fazendo de errado? Eu trago minha mãe à força. Ela não quer vir. Eu puxo ela com força, puxo com as duas mãos, preciso que ela também esteja na minha cabeça. Que não esteja só ele. 'Não desista', eu grito para ela, 'não se entregue!' Eu estou quase chorando, pressionando com todo o corpo a porta do carro para que o motorista e a irmã dele não vejam, e eis que ela vem, graças a Deus, está sentada na cozinha com a pilha de meias para remendar. E eu estou do lado dela, fazendo a lição de casa, e tudo está como sempre esteve. Ela levanta um fio e mais um fio com a agulha, e depois de alguns fios ela para, se esquece de si mesma, olha para o vazio, não olha para nada e não me vê. Em que está pensando quando fica assim? Nunca perguntei. Mil vezes fiquei sozinho com ela e não perguntei. O que é que eu sei? Quase nada. Ela tinha pais ricos, isso eu sei pelo meu pai. E ela era uma aluna excepcional, e tocava piano, e falavam em recitais, mas acabou, o Holocausto terminou quando ela tinha vinte anos, e ela esteve num trem durante seis meses no tempo da guerra, já contei pra vocês. Durante seis meses três maquinistas poloneses esconderam minha mãe em algum cubículo num trem que percorria a mesma linha, indo e vindo. 'Eles me vigiavam em turnos', ela me contou, e deu um sorriso torto que eu nunca tinha visto. Acho que eu tinha doze anos, eu e ela estávamos sozinhos em casa, eu fazia um espetáculo para ela e ela de repente me interrompeu e contou isso, sua boca saltou para um lado e durante alguns segundos não conseguia voltar para o lugar, toda aquela parte do rosto fugiu para um lado. Seis meses até que eles resolveram que estavam cheios dela, não sei por quê, não sei o que aconteceu, mas um belo dia, quando o trem chegou na estação final, esses desgraçados jogaram minha mãe sem hesitar direto na plataforma.

"Continuo?", ele pergunta com a voz forçada. Aqui e ali cabeças assentem.

"Não me lembro exatamente a ordem das coisas, tudo fica misturado na minha cabeça, mas, por exemplo, sempre me lembro de ouvir a irmã dele, lá atrás, dizer para ela mesma baixinho: 'Al'la iustur', e lembro que ele também, o motorista, disse antes essas palavras, e eu não sei o que é, o que estão dizendo de mim na língua deles, e o que significa os dois repetirem isso. Começo a sentir que a cabeça dela trabalha o tempo todo. Remoendo. Ela pensa em mim, e eu não sei o que ela pode estar pensando. Antes, quando ela estava do lado de fora do carro me olhando, vi que ela tem na testa, entre os olhos, sulcos profundos, dois. Eu escorrego um pouco em meu assento para não ficar na vista dela. E todo o tempo ouço o bebê mamando, e a cada tantas mamadas ele suspira como um velho, e isso também me dá aflição. Tomam conta dele, cuidam dele, se preocupam com ele, por que ele suspira? E de repente a irmã me diz: 'Seu pai, em que ele trabalha?'

"'Tem um salão de barbeiro e cabeleireiro', eu respondo pra ela sem pensar, 'ele e um sócio.' Não sei por que de repente eu contei que ele tem um sócio. Sou um idiota. Mais um pouco e contaria que meu pai ri do sócio, dizendo que está apaixonado por minha mãe, e que também brinca com a tesoura bem diante do nariz dele, dizendo que é isso o que vai fazer se ele pegar os dois juntos.

"'E sua mãe?', ela pergunta.

"'O que tem ela?', eu respondo, agora já um pouco cauteloso.

"'Ela também trabalha no salão?'

"'Claro que não! Ela trabalha na Taas, selecionando munição.' De repente sinto que ela está jogando xadrez comigo. Cada um joga seu lance e espera para ver o que o outro fará.

"'Não sabia que na Taas eles tinham mulheres', ela diz.

"'Tem', eu respondo.

"Ela fica calada. Então, eu fico também. Depois ela pergunta se eu quero mais um biscoito. Fico pensando que talvez o biscoito também seja uma jogada, e é melhor não pegar, mas eu pego e logo percebo que cometi um erro. Não sei qual, mas cometi um erro.

"'Coma, coma', ela diz, satisfeita consigo mesma. Eu ponho na boca e mastigo, mas tenho vontade de vomitar.

"'E você tem mais irmãos, irmãs?', ela pergunta.

"Lá fora, aliás, há muito tempo que não é mais deserto. Tem campos verdes, automóveis comuns — particulares, não do Exército. Tento adivinhar pelas placas no caminho quanto tempo falta para chegar em Jerusalém, mas eu não conheço todas essas estradas fora da cidade, nem consigo saber se falta uma hora ou meia hora ou três horas, e não quero perguntar. O sanduíche e o ovo me sobem o tempo todo, junto com os biscoitos.

"Deixem eu contar pra vocês uma piada", ele pede, mostrando cansaço, e assim que diz isso eu percebo que estou precisando urgentemente de uma piada, uma piada qualquer, para adoçar a boca. Mas duas mulheres, em duas mesas distintas, gritam quase ao mesmo tempo: "Continue a história", e logo se observam, envergonhadas. Uma delas olha de esguelha para seu acompanhante. Dovale suspira, estica-se todo, estala os dedos, respira fundo.

"Então a irmã dele diz, como se não fosse nada: 'E como é você com o seu pai? Vocês se dão bem?'

"Lembro que minha barriga revirou na hora. E que eu simplesmente fui embora dali. Eu não estou mais lá. Não estou em lugar nenhum. Eu me proibi de estar em qualquer lugar. E vejam... Abram parênteses um instante... Tenho mil truques para não estar, sou campeão mundial de não estar, mas de repente não consigo me lembrar de nenhum desses truques. Não estou brincando: quando ele me batia, eu treinava em como fazer as batidas do meu coração parar, baixava para vinte ou trinta por minuto, como se estivesse hibernando, era a isso que queria chegar, a um sonho, e fora isso eu também me treinava, podem rir, como espalhar a dor do lugar da pancada para outros pontos do corpo, dividir a dor entre todos, como se fosse uma divisão igualitária do ônus. No meio dos golpes eu imaginava que vinha uma caravana de formigas para pegar a dor do rosto ou da barriga, e num segundo as formigas esfarelam a dor e a levam a lugares do corpo mais indiferentes."

Ele balança o corpo levemente para a frente e para trás, afunda dentro de si mesmo. A luz que incide de cima o envolve numa espécie de véu empoeirado. Mas ele então abre os olhos e olha longamente para a mulher pequenina, e depois — eis que ele faz isso outra vez — ele volta o olhar para mim num movimento calculado como o de passar uma chama de uma vela para a outra. E de novo não entendo o que ele está querendo dizer com isso, ou o que está me pedindo que consiga dessa mulher, mas sinto que ele precisa de um assentimento meu, e eu o concedo com um olhar, esse olhar que ele e ela e eu temos aqui, os três, como uma corrente triangular, que, talvez, em algum momento, eu entenda o que é.

"Mas a irmã é igual a ele. Não desiste. 'Não ouvi', ela diz, e põe a mão no meu ombro. 'O que você disse?' Seguro com força a maçaneta da porta. Que história é essa de ela colocar a mão em mim? Por que todas essas perguntas? E se o motorista sabe alguma coisa e disse para ela? Meu cérebro começa a funcionar a toda, módulo turbo: quanto tempo eu dormi no carro, naquele pátio, até eles me acordarem? E ela, enquanto isso, tinha preparado os sanduíches, os ovos cozidos e a bebida, com ele do lado na cozinha contando tudo? Inclusive coisas que eu não sei? Fico enjoado outra vez. Se abrir a porta aqui, eu rolo pela estrada, alguns arranhões, me levanto e fujo para os campos, não vão me encontrar até que termine o enterro, e então já vai ser depois de tudo, e não vou ter de fazer nada. E quem disse que eu preciso fazer alguma coisa? E de onde me veio que é como se tudo dependesse de mim? 'Nos damos bem', eu digo, 'a gente se ajeita, mas com minha mãe é melhor.'

"Como é que saíram essas palavras da minha boca? Nunca, para ninguém no mundo, eu contei o que se passava lá em casa. Nunca na vida, nem mesmo para os meninos da escola, nem mesmo para os meus melhores amigos, ninguém nunca ouviu uma palavra sobre isso. Então como é que de repente eu solto isso assim para uma pessoa estranha? Uma garota que eu nem sei como se chama? E, afinal de contas, o que interessa a ela com quem eu me dou bem e sei lá o que mais? Comecei a passar mal. Tudo ficou preto. Comecei a pensar — não riam —, vai ver nos biscoitos dela tem uma substância que obriga você a falar, como nos interrogatórios da polícia, até você confessar."

Seu rosto expressa um horror sonâmbulo: ele está lá. Todo lá.

"E o motorista diz a ela baixinho: 'Deixa ele, talvez não esteja a fim de falar sobre isso agora'. 'Claro que está a fim', ela diz, 'sobre o que você quer que ele fale numa hora dessas? Sobre os negros da África? Sobre as suas piadas estúpidas? Não é verdade que você quer falar sobre isso, menino?' E ela se inclina para mim de novo e põe a mão no meu ombro de novo, e sinto um aroma que não me lembro de onde eu conheço, um aroma doce que vem dela, talvez seja do bebê, e eu inspiro, bem fundo, e respondo que sim.

"'Eu não te disse', diz ela ao motorista puxando a orelha dele com força, e ele grita 'Ai' e agarra a orelha. Eu lembro de ter pensado que do jeito que eles brigam você podia dizer que eram irmão e irmã, uma merda que eu não tinha um. E o tempo todo tenho na cabeça que ela conheceu o irmão que morreu, aquele que o motorista não tinha conhecido. Como é que pode ela ter no cérebro dela tanto um quanto o outro?"

Ele faz uma pausa, olha para a mulher pequenina. Ela está bocejando sem parar e sua cabeça se apoia nas mãos, mas os olhos estão bem abertos, com atenção e diligência. Ele vem e se senta na beira do palco, as pernas penduradas. O sangue do nariz coagulou na boca e no queixo e deixou marcas na camisa.

"De repente estou me lembrando de tudo. Isso é que é espantoso em toda esta noite aqui. Quero que vocês saibam. Vocês me fizeram algo muito importante ao não irem embora. De repente me lembro de tudo. Não durante o sono, mas como se estivesse acontecendo agora, neste minuto. Por exemplo, me lembro de estar sentado no carro e pensando que até a gente chegar eu tinha de ser igual a um animal que não entende nada da vida humana. Um macaco, ou um avestruz, ou uma mosca, o principal é não entender nada do que os homens dizem nem do comportamento deles. E não pensar. O mais importante agora é não pensar sobre ninguém e não querer nada nem ninguém. E talvez, quem sabe, eu possa pensar em coisas boas? Mas o que são coisas boas agora? Boas *para ele*? Boas *para ela*? Tenho um medo mortal de cometer o menor dos erros."

Com grande esforço ele consegue exibir um sorriso torto. O

lábio superior está muito inchado e sua fala vai ficando cada vez mais abafada. Às vezes sinto como se ele estivesse falando para dentro, para si mesmo. "Onde estava?", ele balbucia. "Onde eu estava?"

Ninguém responde. Ele suspira e continua.

"De repente, por exemplo, me vem a ideia de pensar num ovo mole. Não olhem para mim desse jeito. Quando eu era pequeno não suportava comer ovo mole, eu tinha nojo da parte mais líquida, e os dois ficavam zangados comigo e diziam que eu tinha de comer, que todas as vitaminas ficam no ovo mole, e havia gritos e tabefes. Em matéria de comida, aliás, ela também sabia dar as bordoadas dela. E no fim, quando nada adiantava, eles diziam que se eu não comesse o ovo imediatamente eles iriam embora de casa e não voltariam nunca mais. E eu não comia. E eles vestiam os casacos, pegavam a chave e me diziam da porta: 'Shalom'. E eu, por mais medo que tivesse de ficar sozinho, não comia, não sei de onde tirava a coragem para enfrentar o meu pai e a minha mãe, e ainda discutia com eles, ganhava tempo, só queria que isso continuasse para sempre, eles de pé, um ao lado do outro, me dizendo as mesmas coisas..."

Ele sorri consigo mesmo. Tenho a impressão de que ele encolhe cada vez mais, os pés balançando no ar.

"Então eu fico pensando no ovo mole: que talvez ele seja uma coisa que vale a pena eu ficar vendo, só ele, sem parar, até a gente chegar, como um filme com um final feliz. E por acaso olho pelo espelho do motorista e vejo que os olhos da irmã estão de novo cheios de lágrimas. Ela está chorando em silêncio. E então, de verdade, tudo sobe de uma vez só, a salsicha, os biscoitos. Grito para o motorista que pare, agora! Pulo do carro e vomito até a alma, em cima da roda. Tudo que ela me deu eu vomito, e ainda não acabou, tem mais e mais. Minha mãe sempre segura a minha testa quando vomito. É a primeira vez na vida que vomito sozinho."

Ele toca de leve na testa. Aqui e ali no salão, homens e mulheres erguem as mãos, distraidamente, e tocam a testa. Eu também. Há um momento de estranho silêncio. As pessoas estão introspectivas. Meus dedos leem a minha testa. Para mim não é fácil esse toque. Nos últimos anos comecei a perder rapidamente meus cabelos e a criar rugas. Verdadeiros sulcos, como se alguém estivesse tatuando minha testa por dentro, gravando nela linhas, losangos e quadrados. Testa de um touro, Tamara diria, se a visse.

"Venham, venham comigo", ele diz, nos despertando com suavidade desse momento. "Venham, estou entrando de novo no carro. Ela me dá uma fralda de pano limpa, diz para eu limpar o rosto. A fralda está passada. Tem um cheiro bom. Eu ponho a fralda no rosto como se fosse uma atadura" — ele imita o movimento com as mãos — "agora é a vez *dela*. Deixei minha mãe sozinha por tempo demais. Coisas boas, coisas boas dela. Como quando ela passa nas mãos o creme Anuga e toda a casa se enche do aroma, e ela tem dedos compridos, e como ela toca na própria face quando está pensando ou lendo. E como ela sempre cruza os braços para que ninguém veja o que costuraram ali. Ela toma cuidado até mesmo comigo, nunca consegui contar se ela tem seis ou sete cicatrizes. Às vezes são seis, às vezes são sete. Agora é a vez dele. Não, ainda é a vez dela. É mais urgente. Ela toda hora desaparece. Ela está toda sem um pingo de cor. Completamente branca, como se não tivesse no corpo uma só gota de sangue. Como se já estivesse desistindo, talvez decepcionada comigo porque não penso nela com mais força. E por que não penso com mais força? Por que é difícil pra mim trazer a imagem dela? Eu quero, claro que eu quero, venha…"

Ele para, a cabeça erguida e o olhar torturado. Uma sombra escura se eleva lentamente de dentro dele para o rosto, ele abre a boca, inspira o ar e mergulha de novo. Exatamente nesse instante desperta em mim o pensamento, o desejo, de que ele leia o que pretendo escrever esta noite. Que tenha tempo de ler. Que isso o acompanhe também *para lá*, em algum caminho que eu não entendo e no qual não acredito, e que essa coisa que eu escrever tenha alguma existência lá também.

"Mas que vexames", ele balbucia, "que cenas ela fazia! E que gritos na noite, e que choro na janela, até toda a vizinhança acordar. Sobre isso não contei nada a vocês, mas também é preciso levar em consideração, tem de se considerar antes de se chegar a um veredicto, e é uma coisa que comecei a perceber quando era bem pequeno, que para mim ela era melhor quando estava dentro de casa, fechada comigo, só eu e ela e nossas conversas, e nossas apresentações, e os livros que ela traduzia do polonês e me contava, Kafka para crianças, ela me contava, o Odisseu e Raskólnikov", ele ri baixinho, "na hora de dormir ela me contava sobre Hans Castorp, e sobre Michael Kohlhaas, e sobre Alió: cha, todos esses tesouros, e ela adaptava para a minha idade, ou não adaptava, não fazia qualquer adaptação, mas o mais difícil era quando saía de casa, bastava ela se aproximar da porta ou da janela para eu ficar de prontidão, tinha até palpitações e uma pressão anormal aqui, na barriga…"

Ele põe a mão na barriga. Há uma nostalgia nesse pequeno movimento.

"O que posso dizer pra vocês, minha cabeça estava explodindo com os dois, os dois juntos, ela também, pois de repente ela finalmente despertou para mim, como se tivesse compreendido que o tempo estava acabando e que eu logo chegaria e essa era a última oportunidade de ela me influenciar, então rápido, rápido, ela começou a gritar comigo, me implorar, a lembrar coisas, já não lembro quais, e então *ele* me lembrou mais coisas, para cada coisa que ela dizia ele vinha com duas, ela me puxava daqui, e ele puxava dali, e a cada minuto, à medida que nos aproximamos de Jerusalém, eles ficavam mais enlouquecidos.

"Fechar, fechar", ele murmura febrilmente, "fechar todos os orifícios do meu corpo. Se fecho os olhos, eles entram pelas orelhas, se fecho a boca eles entram pelo nariz, se empurram, gritam, me deixam louco. Viraram crianças pequenas, gritam comigo, choram — eu, eu, escolha a mim."

Quase não dá para entender o que ele diz. Eu me levanto e passo para uma mesa mais próxima do palco. É estranho vê-lo de tão perto. Por um instante, quando ele ergue o rosto para uma lâmpada, a luz cria uma ilusão de óptica. Um menino de cinquenta e sete anos sai de dentro de um velho de catorze.

"E de repente, juro, não é minha imaginação, eu ouço o bebê falando no meu ouvido. Mas ele não fala como um bebê, mas como alguém da minha idade, ou até mais velho do que eu, e ele me diz assim, com muita ponderação: 'Você realmente tem de decidir agora, menino, pois já vamos chegar'. E eu penso: Eu não posso ter ouvido isso, e Deus me livre que o motorista e sua irmã tenham ouvido, é proibido até mesmo pensar numa coisa dessas, Deus pode matar por isso. E eu começo a gritar: 'Calem a boca dele! Calem logo a boca dele!'. E faz-se silêncio, o motorista e a irmã dele ficam calados, como se estivessem com medo de mim ou coisa parecida, e então o bebê solta um grito, mas um grito normal de bebê."

Ele bebe mais um gole da garrafa térmica e a vira de cabeça para baixo. Algumas gotas pingam no chão. Ele faz um sinal ao diretor de palco, que, de cara amarrada, vai até a beira do palco e despeja mais Gato Negro na garrafa térmica. Dovale o incita a pôr mais. O pequeno grupo sentado no bar, o pessoal de Petah Tikva, seus antigos admiradores, aproveitam o momento em que os olhos dele estão na garrafa térmica e vão embora rapidamente. Parece que ele nem notou. Um rapaz moreno de camiseta sai da cozinha, apoia-se no bar abandonado, fuma, olha para ele.

Nesse intervalo, a mulher de cabelo prateado e óculos finos cruza o meu olhar. Ficamos entrelaçados por um longo e surpreendente momento.

"Amigas e amigos, vocês sabem por que estou contando essa história hoje? Como chegamos a isso?" Ele respira, seu rosto arde numa vermelhidão não natural.

"Já vai terminar, não se preocupem, já podemos ver o final..." Ele tira os óculos e olha para mim num olhar nebuloso, um olhar que parece lembrar seu pedido: Essa coisa que sai da pessoa sem que ela a controle — é isso que eu quero que você me conte. Não se pode definir com palavras, eu penso, pelo visto é esse o xis da questão. E ele pergunta com o olhar: Mas mesmo assim, você acha que todos conhecem essa coisa? E eu faço com a cabeça que sim. E ele: E a própria pessoa, ela sabe que coisa é essa que ela tem, única e singular? E eu penso: Sim, sim, no fundo do coração ela sabe.

"O motorista me levou em casa, em Romema, mas quando desci do carro uma vizinha gritou da janela: 'Dovale, o que você está fazendo aqui? Vá depressa para Guiv'at Shaul, talvez ainda chegue a tempo!'

"Voamos de Romema até Guiv'at Shaul, a distância não é grande, talvez quinze minutos. Uma viagem maluca, sem freios, sem sinais de trânsito, lembro do silêncio no carro, ninguém falou uma palavra. E eu..."

Ele se cala. Respira fundo.

"Em meu coração, em meu negro coração, comecei a fazer contas. Foi assim que aconteceu. Chegara a hora de minhas pequenas contas podres."

Ele some novamente, afundando mais e mais dentro de si mesmo.

E volta a emergir, agora rígido e contraído.

"Sou um filho da puta, lembrem-se! Anote isso, meritíssimo, inclua isso em sua sentença. Não me vejam agora como bonzinho, alegre e divertido, o rei da risada. Eu sempre fui, desde aquela época e até hoje, um filho da puta de pouco mais de catorze anos, com uma alma de merda, sentado naquele carro e fazendo aquela conta podre, que é a conta mais ferrada e mais torta que uma pessoa pode fazer na vida. Vocês não acreditariam o que eu incluí naquela conta. Naqueles minutos entre minha casa e o cemitério eu incluí as coisas mais diminutas e imundas. Fiz uma conta de mercearia dele e dela e de toda a minha vida com eles."

Seu rosto se contorce como se alguém o espremesse com mão de ferro.

"E a verdade é que até aquele momento eu não sabia que filho de mil putas eu era, não conhecia toda a sujeira que havia dentro de mim, até que de repente eu era todo imundo, de cima a baixo, e soube o que é o ser humano e o que ele vale. Em poucos minutos captei tudo, entendi, contabilizei, meu cérebro fez em meio segundo toda aquela conta, aqui mais e aqui menos, e mais e menos, e mais isso e menos aquilo, e é isso aí, é para toda a vida, e não tem como passar, não vai passar."

Suas mãos se enlaçam e se contorcem. No silêncio do salão eu me obrigo a tentar lembrar, ou pelo menos adivinhar, onde eu estava naqueles momentos, às quatro horas da tarde, exatamente quando o veículo militar se aproximava do cemitério. Talvez tivesse voltado da área de treinamento com o pelotão? Ou estávamos treinando no pátio? Eu preciso entender como foi que antes, no mesmo dia, nas últimas horas da manhã, quando o vi voltando da barraca com a mochila nas costas, seguindo o comandante até o carro, não me levantei e corri até ele. Eu devia ter corrido até ele, ter ido com ele até o carro, perguntado o que estava acontecendo. Eu era amigo dele, não?

"O motorista voava, pressionando com todo o corpo o volante. Estava pálido como cal. As pessoas nos carros olhavam para mim. As pessoas na rua olhavam para mim. Vi que todos sabiam exatamente para onde eu estava indo e o que se passava comigo. Como? Eu mesmo ainda não sabia, decerto não tudo, pois o tempo todo ainda continuava a fazer minha conta, e a cada instante me lembrava de mais uma coisa para acrescentar na lista de merda, na seleção, direita, esquerda, esquerda, esquerda..."

Ele ri, como que para se desculpar. Detém com a mão os movimentos da cabeça.

"Juro por Deus, mas não me lembro como todas aquelas pessoas na rua sabiam antes de mim o que eu tinha decidido e que merda de pessoa eu sou. Me lembro de um velho que cuspiu na calçada quando passei de carro e de um rapaz religioso com cachos na lateral da cabeça que fugiu de mim quando o motorista parou para perguntar como fazia para ir até Guiv'at Shaul, e de uma mulher que estava com um menininho e virou a cabeça dele para que ele não me visse. Eram sinais.

"E lembro que o motorista, durante todo o caminho para o cemitério, não me olhou nos olhos, não voltou nem meio rosto para mim. E a irmã dele era como se tivesse evaporado, não ouvi nem a respiração dela. E o bebê também. E exatamente por causa do bebê, que de repente ficou quieto, resolvi pensar no que estava acontecendo ali, o que é que eu tinha feito, por que todos estavam assim.

"Pois eu já havia compreendido que alguma coisa ruim tinha acontecido no último trecho do caminho, desde a minha casa, ou até mesmo desde o momento em que saímos de Beer Ora. Mas o quê, o que tinha acontecido, o que todos queriam de mim? Pois comigo tudo isso eram só pensamentos, só moscas voando no cérebro, nada podia acontecer por causa de um pensamento, ninguém podia controlar pensamentos, não dava para parar o cérebro, ou dizer a ele que pensasse assim ou assado. Não é verdade?"

Silêncio no salão. Ele não ergue a cabeça para nos olhar. Como se ainda tivesse medo da resposta.

"E eu não entendia, eu não entendia, e não tinha a quem perguntar. Estava sozinho, e então veio e se instalou na minha cabeça um novo pensamento, de que pelo visto era isso, pelo visto é isso, eu já tinha chegado a um veredicto."

Ele de novo estica os braços para cima e para baixo e para os lados, buscando um jeito de respirar. Ele não olha para mim, mas sinto que agora, talvez mais do que em qualquer outro momento nesta noite, ele está pedindo que eu o veja.

"E entendam que eu não sabia como é que as coisas tinham ficado assim. Em que momento eu tinha decidido. E logo tentei inverter o que estava pensando, juro que tentei, e como e por quê. Como e por que aconteceu de eu decidir daquele jeito. Pois o tempo todo eu tinha na cabeça algo muito diferente, e toda a vida era para mim outra coisa, mesmo sem pensar, e *quem é que pensa numa coisa dessas?*" Sua voz se fragmentou num grito assustado. "E como é que agora de repente tinha acontecido desse jeito? E por que no último momento eu dei a volta e resolvi o contrário do que realmente queria? Como uma vida inteira virou de cabeça para baixo num segundo por causa de pensamentos bobos de um menino idiota?"

Ele se deixa cair na poltrona.

"Esses poucos instantes", ele murmura, "e toda a viagem, e toda aquela conta de merda...", ele vira as mãos e olha para elas com uma curiosidade que vem de uma vida inteira: "Como eu me sujei ali, que coisa infecta, meu Deus, como foi que até os ossos, eu..."

Se eu pelo menos tivesse me levantado da areia e corrido até ele antes de ele entrar no carro. Mesmo que fosse no meio do treinamento. Mesmo com o comandante ali do lado dele, pronto para gritar comigo. Mesmo que eu não tivesse dúvida — e já então pelo visto eu não tinha — de que a partir daquele momento todos iriam rir de mim, fazer de mim o saco de pancada deles. No lugar dele.

Ele põe a cabeça entre as mãos, apertando as têmporas. Não sei em que está pensando, mas eu me levanto da areia e corro até ele. De repente lembro o caminho com uma nitidez total. Um caminho de pedras caiadas. O pátio com a bandeira. As grandes tendas, os barracões. O sargento grita atrás de mim. Me ameaça. Eu o ignoro. Chego até Dovale e caminho a seu lado. Ele me vê e continua a andar, esmagado pelo peso da mochila. Parece estar em choque. Eu estendo a mão e toco em seu ombro, ele para e olha para mim. Talvez esteja tentando compreender o que eu quero dele depois de tudo que houve por aqui. Qual é a situação entre nós agora. Eu lhe pergunto: "O que aconteceu? Para onde estão te levando?". E ele dá de ombros, olha para o comandante e pergunta o que aconteceu. E então o comandante responde.

E se o comandante não responder, eu torno a perguntar a Dovale.

E ele a perguntar ao comandante.

E a perguntar de novo e de novo, até ele responder.

"Às vezes eu penso", ele diz, "que aquela porcaria de conta não se decompôs no meu sangue até hoje. Nem pode se decompor. Como é que vai se decompor? Uma imundície como essa", ele procura a palavra, seus dedos a ordenham do ar, "radioativa. Sim. Uma Tchernóbil particular. Um minuto que vale por uma vida inteira. Até hoje ela envenena tudo, tudo por onde passo. Todas as pessoas que eu toco."

Silêncio absoluto no salão.

"Ou com quem me caso. Ou quem eu faço nascer."

Eu me viro e olho para a moça que ia sair e voltou. Ela está chorando silenciosamente, o rosto nas mãos. Seus ombros sacodem.

"Continue", diz baixinho uma mulher de corpo largo e cabelos cacheados. Ele lança um olhar enevoado na direção dela, assente debilmente. E só agora eu percebo algo inestimável: eles não mencionou aqui, durante toda a noite, nem mesmo de passagem, que eu estive com ele no acampamento. Não me denunciou.

"O que mais tem para contar? Chegamos em Guiv'at Shaul, e aquilo é uma fábrica, uma correia transportadora, três enterros por hora, *tac tac tac*, vá achar o seu. Estacionamos o carro na calçada, a mulher e o bebê ficaram dentro, e eu e o motorista desatamos numa corrida louca de lá pra cá.

"E não se esqueçam que este é o meu primeiro enterro. Eu não sabia onde procurar e o que procurar, onde fica a pessoa que morreu, e de onde ela vai aparecer, e se a gente vê a pessoa ou se ela está coberta. E vi grupos, cada grupo num lugar, e não sabia o que estavam esperando, e quem era o responsável por aquilo e o que se tem de fazer.

"Então avistei de longe um búlgaro ruivo, que eu sabia que trabalhava com o meu pai, fornecedor de cremes e xampus, e do lado dele uma mulher que trabalhava na Taas, a responsável pelo turno, de quem minha mãe tinha um medo mortal, e um pouco mais para a frente eu vi o Sílviu, sócio do meu pai, com um buquê de flores na mão.

"E eu disse ao motorista que a gente tinha chegado, e ele parou, ficou a alguma distância e me disse algo como seja forte, menino. E para mim, na verdade, foi difícil me despedir dele, nem mesmo o nome dele eu sabia — se você estiver aqui no salão que levante a mão, vai ganhar um drinque por conta da casa, hã?"

A julgar pelo olhar insistente que lança ao salão parece que ele acredita de verdade, ingenuamente, que existe tal possibilidade.

"Onde está você?", ele ri. "Onde está você, meu soldado besta, que me contou piadas durante toda a viagem e mentiu que ia para um concurso de piadas? Cheguei faz um tempinho. Estou nesse processo de fechamento de arquivos, sabem? Limpando as gavetas. Fucei aqui, perguntei ali, googlei, procurei até nas revistas do Exército daquela época. Nunca teve isso de concurso de piadas do Exército, ele inventou para mim, o piadista cheio de truques, só para me dar uma força. Onde está você, meu homem bom?"

"Agora fiquem comigo, não larguem minha mão nem por um segundo. O motorista voltou para o carro e eu fui até as pessoas que estavam lá. Lembro que andei devagar, como quem pisa em vidro, andei, e só meus olhos corriam pelo lugar, loucamente. Aí está uma vizinha do prédio, a mulher que sempre brigava com a gente por causa da nossa roupa lavada, todos os trapos, que ficava pingando na roupa lavada dela, e agora ela está aqui. E eis o médico que aplica ventosas em meu pai quando ele está com a pressão alta e a mulher da aldeia da minha mãe, que traz para ela livros em polonês, eis aquele e lá está aquela.

"Tinha lá talvez umas vinte pessoas. Eu não sabia que conhecíamos essa gente toda. No bairro quase não falavam com a gente. Talvez do salão? Não sei. Não me aproximei delas. Não vi nem ele nem ela. As pessoas de repente me notaram, apontaram, cochicharam. Deixei a mochila cair das minhas costas. Não tinha forças para carregar mais nada."

Ele abraça o próprio corpo.

"De repente se aproxima de mim um homem alto com uma

barba que parecia uma vassoura preta, do serviço funerário, e me diz: 'Você é o órfão? Onde você estava? Estávamos esperando só você!'. E pegou minha mão com força, apertou minha mão, me arrastou atrás dele, e no caminho me pôs na cabeça um solidéu de papelão..."

Dovale olha para mim, se prende a meus olhos. Eu lhe dou tudo que tenho e tudo que não tenho.

"Ele me levou a uma construção de pedra e me fez entrar. Não olhei. Fechei os olhos. Pensei que talvez meu pai ou minha mãe estivessem lá, me esperando. Diriam meu nome. A voz dela ou a voz dele. Não ouvi nada. Abri os olhos. Eles não estavam. Só um rapaz religioso gordo com mangas arregaçadas e com uma enxada passou depressa, ao lado. O da barba me arrastou mais para a frente. Passamos pela sala e entramos por mais uma porta. Vi que estava num cômodo menor, com grandes pias num lado, um balde e algumas toalhas ou lençóis molhados. Com um carrinho assim comprido e uma espécie de pacote estendido sobre ele, envolto num pano branco, e já entendi o que era, que havia uma pessoa lá, e ele me disse: 'Peça perdão', e eu..."

Dovale baixa a cabeça sobre o peito, se abraça com força.

"Eu não me mexi, e o tal cara cutucou meu ombro por trás. 'Peça perdão', ele disse de novo, e eu perguntei: 'Perdão pra quem?', e não olhei para lá. Só que de repente me passou pela cabeça que aquele pacote na verdade não era muito comprido, então talvez não fosse ela, não era ela. Talvez meu medo fosse à toa. Uma brincadeira do meu cérebro. E senti uma felicidade como não senti na vida, nem antes nem depois disso, uma felicidade doida como se eu mesmo tivesse sido salvo da morte naquele momento. E ele de novo me deu um cutucão no ombro: 'Então, peça perdão', e eu perguntei de novo: 'Mas pra quem?'. Aí caiu a ficha dele e ele parou de me empurrar com o dedo e perguntou: 'Você não sabe?'. E eu disse que não. E ele se assustou: 'Não te contaram?'. E eu de novo disse que não. Ele se curvou até ficar da minha altura, e vi os olhos dele diante de mim. Ele me disse baixinho e com delicadeza: 'Mas é sua mãe que está aqui'.

"E depois, do que eu me lembro? Lembro, lembro... Quem me dera eu não lembrar tanto, quem sabe assim sobrava espaço no cérebro para outras coisas. O cara do serviço funerário logo me levou de volta para a sala grande, e lá já havia pessoas que eu não tinha visto do lado de fora. Quando entrei elas se abriram em dois grupos, e vi meu pai apoiado no ombro do sócio dele, ele quase não conseguia ficar de pé, estava pendurado em Sílviu como um bebê e nem me viu. E eu pensei, o que foi que eu pensei?"

Ele respira fundo, mais fundo que seu próprio corpo.

"Pensei que eu tinha de ir até ele, abraçar o meu pai. E não fui capaz, nem, é claro, de olhar nos olhos dele. E as pessoas atrás de mim disseram: 'Então, vá até seu pai, vá logo até seu pai!'. E Sílviu sussurrou para ele que eu estava lá, e meu pai ergueu a cabeça e os olhos se abriram como se tivesse visto o Messias. E ele deixou o Sílviu e veio oscilante até mim com os braços abertos, gritando e chorando o nome dela junto com o meu nome. E de repente eu vi meu pai como um velho, chorando diante de todos em ídiche, que agora só restávamos nós dois, e como é que nos acontecera essa desgraça, e por que aconteceu conosco, que não fizemos mal a ninguém. E eu não me mexi, não fui até ele, só olhava para o rosto dele e pensava: Como ele é idiota por não entender que poderia ter sido completamente o contrário, era questão de um milímetro para cá ou para lá e poderia ter sido o contrário. E eu pensei: Se ele me abraçar agora, se tocar em mim, eu vou bater nele, vou matá-lo, eu posso, eu posso tudo, tudo que eu digo acontece. E no segundo em que pensei isso, meu corpo me virou ao contrário. De uma hora para outra me fez voar, me jogou para cima das mãos e o solidéu caiu e ouvi todos respirando, e depois silêncio.

"Comecei a correr e ele atrás de mim, e ele ainda não estava entendendo, e gritou para mim em ídiche que parasse, que voltasse, e eu todo ao contrário, fazendo tudo ficar ao contrário. E vi lá de baixo como todas as pessoas abriam espaço para eu passar, e saí de lá sem que ninguém tivesse a coragem de me deter. E ele corria atrás de mim, e gritava e chorava, até que parou na entrada da sala. E então eu também parei no pátio, e ficamos um olhando para o outro, eu assim e ele assim, e então eu vi de verdade que ele não valia nada sem ela, que toda a força dele vinha do fato de ela estar com ele. Virou meia pessoa em um só instante.

"E ele olhava para mim, e vi que seus olhos se aproximavam lentamente um do outro, e de repente senti que agora ele começava a entender. Não sei como, para essas coisas ele tinha o instinto animal. Ninguém me convence que não: num segundo ele percebeu tudo que eu tinha feito no caminho até ali e toda a minha conta podre. Tudo isso ele leu num segundo no meu rosto. E ele ergueu os dois braços, e eu tenho certeza de que ele estava me amaldiçoando. Pois soltou um grito como eu nunca tinha ouvido de ninguém. Um grito que parecia que eu estava matando o meu pai. E no mesmo instante eu caí, os braços se dobraram e eu estava estendido no chão.

"As pessoas que estavam no pátio olharam para mim e para ele. Eu não sei o que ele me disse, como me amaldiçoou, talvez tudo estivesse na minha cabeça, mas vi o rosto dele e senti que era uma maldição, e ainda não sabia que ela ia durar toda a minha vida, mas foi isso que aconteceu, não importa para onde eu fosse, para onde eu fugisse.

"Vejam como são as coisas... Lá, pela primeira vez, me passou pela cabeça que eu talvez não tivesse entendido nada, e que ele realmente estaria disposto a estar no lugar dela. Com ela, ele não fazia conta nenhuma, ele amava a minha mãe de verdade."

194

Seu corpo vai perdendo força. "Ah, sim, claro...", ele murmura enquanto vai se apagando por um longo minuto.

"E então ele me fez assim com a mão, ele desistiu de mim, e se virou e voltou para dentro, para continuar o enterro, e eu me levantei e fugi entre as pessoas e os carros, e já sabia que tinha acabado, que para casa eu não ia voltar, que a casa estava fechada para mim."

Lentamente ele põe a garrafa térmica a seus pés. A cabeça está caída para a frente, como no momento em que começou a contar a história.

"Para onde eu poderia ir? Quem estaria me esperando? Na primeira noite dormi no abrigo antiaéreo da escola, na noite seguinte no depósito da sinagoga, e na terceira já me arrastei para casa com o rabo entre as pernas. E ele abriu a porta para mim. Não disse uma palavra sobre o que tinha acontecido. Preparou o jantar como de costume, mas sem falar, nem comigo nem consigo mesmo."

Dovale se ajeita. A cabeça balançando sobre o pescoço fino.

"E assim começou nossa vida depois dela. Eu e ele, sozinhos, mas isso já é para uma outra noite, agora estou um pouco cansado."

Silêncio. Ninguém se mexe.

Passa-se um minuto, e depois outro. O gerente da sala olha para a direita e para a esquerda, pigarreia, bate com as mãos nas grossas coxas, levanta-se e começa a guardar as cadeiras sobre as mesas. As pessoas se levantam e saem em silêncio sem se olhar. Aqui e ali uma mulher faz um sinal com a cabeça para Dovale. Seu rosto está apagado. A mulher esbelta e prateada se aproxima do palco e se despede dele com um movimento de cabeça. Quando passa por mim, a caminho da saída, deixa sobre a mesa um bilhete dobrado. Percebo as rugas de um sorriso em torno de seus olhos lacrimosos.

* * *

Restamos os três. A mulher pequenina está segurando a bolsa vermelha com as mãos, de pé ao lado da cadeira e apoiada numa perna. Ela é tão miúda, a pequena Euricleia. Está esperando, olhando esperançosa para ele. Lentamente ele retorna do lugar para onde tinha mergulhado. Ergue a cabeça para ela e sorri. "Boa noite, Pitz", ele diz, "não fique aqui, mas também não vá embora a pé. Esse pedaço não é muito bom. Ioav!", ele grita na direção do vestíbulo. "Chame um táxi para ela. Abata da minha conta, se é que ainda sobrou alguma coisa."

Ela não se mexe. Está plantada ali.

Ele desce pesadamente do palco para o salão e fica ao lado dela. É ainda mais baixo do que parecia ser no palco. Curva-se para ela numa espécie de graça cavalheiresca antiquada, a beija no rosto e recua um passo. Ela ainda não se mexe. Está na ponta dos pés, os olhos fechados, toda inclinada para ele. Ele se aproxima dela novamente, beija-a nos lábios.

"Obrigado, Pitz", ele diz, "obrigado por tudo. Você não tem ideia."

"De nada", ela diz com aquela sua mesma seriedade prática, mas com o rosto vermelho, enquanto seu peito de passarinho infla. Ela se vira e sai, manquejando ligeiramente, a boca arredondada num sorriso de pura felicidade.

Agora somos só eu e ele no salão. Ele está de pé diante de mim, apoiando-se com a mão na ponta da minha mesa, e eu imediatamente me sento, para não constrangê-lo com minha massa corporal.

"Eu o condeno à morte por afogamento!" Ele cita as palavras do pai para o filho no conto "O veredicto" de Kafka, ergue a garrafa térmica acima da cabeça e despeja sobre si as últimas gotas. Um pouquinho respinga em mim também. O rapaz moreno de camiseta está de volta à cozinha, lavando pratos enquanto canta "Let It Be".

"Você ainda tem um minuto?" Com braços trêmulos de esforço ele sobe de novo no palco e senta-se na beirada.

"Até mesmo uma hora."

"Você não está com pressa de ir para casa?"

"Não estou com pressa de ir a lugar algum."

"É só, você sabe...", ele dá um sorriso fraco, "só até a adrenalina baixar um pouco."

A cabeça pende sobre o peito. Mais uma vez parece que adormeceu sentado.

De repente Tamara está aqui, perto de mim. Sinto sua presença com tal intensidade que perco o fôlego. Escuto ela citar em meu ouvido nosso amado Fernando Pessoa: "Basta existir para se ser completo".

Dovale se sacode e abre os olhos. Precisa de um instante para ajustar a visão.

"Vi que você fez algumas anotações", ele diz.

"Pensei em talvez escrever alguma coisa sobre tudo isso."

"Verdade?" Um sorriso preenche seu rosto.

"Quando estiver pronto, mando para você."

"Pelo menos vão restar de mim algumas palavras", ele ri, embaraçado. "Como serragem, depois de se cortar madeira..."

"É engraçado", ele diz depois, limpando a poeira do palco das mãos. "Não sou uma pessoa que sente saudades de ninguém."

Fico um pouco surpreso, mas não digo nada.

"Mas esta noite, não sei... Talvez pela primeira vez, desde que ela morreu..."

Ele passa o dedo nos óculos apoiados no palco. "Teve momentos aqui que eu senti que ela estava... Não como minha mãe, mas como uma pessoa. Uma pessoa que esteve aqui no mundo. E meu pai", ele continua com a voz suave, "ainda resistiu quase trinta anos depois dela. Nos últimos anos eu cuidei dele. Pelo menos ele morreu em casa, comigo."

"Onde, em Romema?"

Ele dá de ombros: "Não fui muito longe."

Eu vejo pai e filho se cruzando no corredor. A poeira do tempo se acumulando sobre eles.

"Diga, que tal se eu levar você até sua casa?", eu sugiro.

Ele pensa um instante. Dá de ombros. "Se você insiste."

"Vá se preparar", eu digo e me levanto, "espero por você lá fora."

"Calma", ele diz, "não tão depressa. Sente-se. Seja meu público por mais um segundo."

Ele enche o peito, põe as mãos dos dois lados da boca, como um megafone.

"É isso aí, Cesareia..."

Da extremidade do palco ele me lança seu sorriso mais resplandecente.

"É isso o que tenho a dar para vocês. Hoje não tem mais distribuição de Dovale, e amanhã também não. Acabou o show. Por favor, saiam com cuidado. Sigam a orientação dos funcionários. Estão me dizendo que há muito movimento na saída. Boa noite."

jan. 2013/ jun. 2014

Glossário

ACHT UN NAINTSIG, NAIN UN NAINTSIG, HUNDERT — Em ídiche, "noventa e oito, noventa e nove, cem".

ARAVÁ — Região na faixa oriental do deserto do Neguev, no sentido norte-sul.

BARUCH GOLDSTEIN — Fanático religioso e ultranacionalista que em fevereiro de 1994, na Gruta dos Patriarcas em Hebron (onde estão sepultados Abraão, Sara e Isaac, lugar de culto de judeus, cristãos e muçulmanos), começou a atirar nos visitantes muçulmanos, matando 29 e ferindo 125, antes de ser espancado e morto.

BEN-GURION — David Ben-Gurion, um dos fundadores e primeiro chefe de governo do Estado de Israel.

BILADI BILADI — Em árabe, "minha pátria, minha pátria", referência ao hino nacional do Egito.

CHAIBAR CHAIBAR, IA IAHUD, GUEISH MUHAMED SAIAHUD — Canção árabe anti-israelense que se refere à batalha de Chaibar, entre árabes e judeus no início da conquista islâmica no século VII, cuja tradução é: "Judeus, judeus, o exército de Maomé ainda voltará".

DUNAM — Medida agrária equivalente a 1000 m².

ESTRADAS ESTÉREIS — Referência a trechos ou redes rodoviários em que veículos palestinos eram proibidos de circular.

KOHOL OD BALE-VAV, PEHENIHIMA — Transcrição fonética da letra do hino nacional israelense, alusão a que os árabes seriam obrigados pelos soldados nos postos de controle a cantá-lo.

JABOTINSKY — Vladimir Jabotinsky foi um líder da direita sionista, favorável à expansão do Estado judaico para ambas as margens do rio Jordão.

JANUSZ KORCZAK — Pseudônimo de Henryk Goldszmit. Médico pediatra, dirigiu um orfanato para crianças carentes no Gueto de Varsóvia. Em 5 de agosto de 1942, as duzentas crianças foram enviadas para o campo de Treblinka. Morreu na câmara de gás, acompanhando as crianças.

MOHEL — Em hebraico, pessoa responsável pela circuncisão no ritual religioso.

NASSER — Gamal Abdel Nasser Hussein foi presidente do Egito de 1956 até a sua morte, em 1970.

NEGUEV — Grande deserto que ocupa a metade sul do território israelense.

PAZATSTOT — Manobra do Exército israelense a ser executada sob fogo inimigo. O termo é um acrônimo para "cair, buscar abrigo, localizar a fonte do ataque, mirar e atirar".

PESSACH — Em hebraico, a Páscoa judaica, festa em honra à libertação da escravidão no Egito e à formação do povo judeu.

PITZ — Em ídiche, "pequenina".

SÁBIOS DE SIÃO — Alusão às acusações fictícias no livro russo Os protocolos dos Sábios de Sião, de que os judeus tramavam contra a sociedade ocidental. De acordo com a obra antissemita, os judeus seriam os responsáveis por espalhar a peste na Idade Média, envenenar poços de água e matar crianças cristãs para fazer com seu sangue pão ázimo para o Pessach.

SCHMALTZ — Gordura processada de ganso, comum na gastronomia judaica.

SELEKTZIA — Ato praticado pelos nazistas como forma de separar quais judeus seriam mortos imediatamente e quais seriam enviados para os campos de concentração.

"TANQUE DE MITSVOT" — Van organizada pelo grupo religioso Chabad, que viajava para comunidades judaicas para "alegrar os judeus", ensiná-los e incentivá-los a cumprir as *mitsvot* (preceitos comportamentais listados na Torá).

UMSCHLAGPLATZ — Praça em Varsóvia na qual, durante a ocupação nazista, os judeus eram reunidos para serem deportados para o campo de concentração de Treblinka, onde quase todos foram mortos.

VOLGERHOLTZ — Em ídiche, rolo de macarrão.

ESTA OBRA FOI COMPOSTA PELO GRUPO DE CRIAÇÃO EM ELECTRA E
IMPRESSA PELA RR DONNELLEY EM OFSETE SOBRE PAPEL PÓLEN SOFT
DA SUZANO PAPEL E CELULOSE PARA A EDITORA SCHWARCZ
EM AGOSTO DE 2016

A marca FSC® é a garantia de que a madeira utilizada na fabricação do papel deste livro provém de florestas que foram gerenciadas de maneira ambientalmente correta, socialmente justa e economicamente viável, além de outras fontes de origem controlada.